THE CHAIRMAN
董事長

最後一杯酒

董事長樂團的年少輕狂

吳永吉——著

目錄

輯一

輯二

輯七

輯八

推薦序

搖滾浪子的回憶錄

——生命在舞台上翻滾，連愛和吉他都賭上了，就為了一口氣！

翁嘉銘

邊讀邊幻想著，跟這群搖滾哥兒們，很老、坐著輪椅的時候，還約了一塊去 Live House 看團表演，依舊一口想把台啤乾掉；老婆變成老太婆了，快睜不開的眼皮還飄向辣辣的妹；辯論著哪個年代哪支團比較屌，一言不合想大打出手但沒力氣了！有人開口說「老猴」來過了，罵著我們熟悉的親切的髒話，然後我們都睡著了，推往回家的路上……

阿吉所描繪的故事，有荒唐的悲涼的機車的慘痛的義氣的豪爽的百般滋味，幾乎都是失敗的墮落的無奈的，沒有什麼是教科書會鼓勵的上進典型，卻是很多人的生命寫照，以僅剩的勇敢和夢想向殘酷的現實反撲，輸贏都沒關係，日子要繼續過下去。

「董事長」的團名，聽來有點鄉愿，很台灣式的沾沾自喜，不過，「董仔」也是一種隨俗和反諷，真相不必別人假會，誰不知道！

認識他們以來，也一直都假不了。

「董事長」樂團到角頭唱片錄音，算是正式和樂界有了關係，那時我不認識他們，我也還沒到角頭上班。直到第一張專輯發片記者會前，好像是李壽全老師打電話問我，可不可以幫他們講些話，聽過Demo喜歡那種台語搖滾的氣味，就答應了！加上他們人阿莎力，很愛交朋友又愛棒球，就常走在一塊。

為了紀念病逝的主唱阿盛（又改名為「冠宇」），阿吉開始在臉書寫組團的故事，吸引很多粉絲、臉友按讚。起先我覺得很像電影腳本，可以拍片，但大家都沒什麼錢，湊巧有陣子「印刻」總編輯初安民常在臉書鋪文貼詩，我靈機一動，「私密」他，請他去阿吉粉絲團看看，有沒有可能出書？不料就成了！

現在又細讀一遍，有種看電影《童年往事》和《少年吔安啦》的純粹與熱血，還有沒太糜爛的《成名在望》(*Almost Famous*)。

窮人的小孩不一定都過得苦，也或許真苦，但過程要有創造力，懂得自得其樂，反倒甜了一些。

賭和偷當然是法律和教育所不容許的，品學兼優的同學不必學習。可讀起來感覺有趣，而且阿吉直白的文字都會找到好理由，比如「家徒還是四壁」、「反正是國家的鐵，借我們用一下！」生命的可愛和韌性，不是依賴虛偽的道德灌輸或成績單上的華麗，就能成長的。讓我想起法國詩人波特萊爾的《惡之華》，我覺得他是Rocker，很多Rocker也是詩人，但他們通常不屑於這樣的頭銜，只用作品和生命的樣態，去體現詩意！

阿吉寫賭偷闖禍泡馬子比較精采，像跟黑肉仔表白砸吉他那段，可以拍電影了啦！寫音樂都太濃縮，我幫他補充一下。以前玩團的人大半學歷不高，學歷和音樂創作力並不一定成正比。找老師或互相學習很重要，樂器行是資訊、演奏技巧和心得交流的地方。所以以前在想金曲獎或金音獎最佳貢獻獎時，都很想為樂器行或練團室爭取提名，阿吉有提到「敦煌」、「阿通伯」，另外還有「海國」或「金螞蟻」，都在台灣流行音樂史占不可抹殺的地位。

經營Live House阿吉也是前輩之一。書中可以讀到他的辛酸史，那也是台灣北部玩金屬團的血淚史。「地下社會」、「女巫店」、

「河岸留言」一度地成為台灣獨立音樂人與樂團重要的表演場域，飽受消防、噪音、牌照的困擾，警察常來臨檢取締，同樣的問題其實存在甚久。

除了阿吉他們弄的SCUM外，八〇年代到「犛原」看「外交合唱團」，凌威開的「AC/DC搖滾屋」和ROXY也是重要的音樂場景。和SCUM差不多同年代，包括早點的Wooden Top、「人狗螞蟻」，後來的Boogie、B-Side、聖界、漂流木等等，都是樂團的搖籃。那時只講pub，名字並不那麼重要，重要的是有地方去，讓同好宣洩、相濡以沫、相互取暖。

一九九四年由白紀齡老師在「友善的狗」策劃發行的「地下音樂檔案」系列，包括「濁水溪公社」、「骨肉皮」、「刺客合唱團」、「呼吸紀念專輯」，及收錄「靜」、「紅色指甲油」、「直覺」、

「叛徒」等樂團，以今天來說是前輩樂團，到一九九七年收錄在角頭《ㄎ國歌曲》合輯裡的董事長、五月天、四分衛、全方位、夾子、原音社等，已經快到亂彈阿翔說的「樂團時代」了。阿吉都參與了這不同的台灣搖滾場景與事件，他的親筆回憶是史料，具有珍貴的歷史價值。

其間還夾雜著他和阿珠曲折的戀史。不管和哪一任情人，都一樣，就如同寫阿泡那段，他坦承：「我總是喜歡跟朋友在一起，當時的女友阿泡很不諒解，叫我多陪陪她，怎麼可能？我是浪子，『浪子甘那悲歌才會曉』。」他哼唱的是林暐哲演唱電影《少年吔安啦》的插曲〈電火柱仔〉，李欣芸作曲、陳明瑜作詞。

有時和董事長樂團喝酒，餘興節目是一群Rocker比跳舞，原本我以為是玩鬧，但他們跳得有板有眼的，音樂人節奏和肢體感是基本功，阿吉還影視科的。細想也有時代的影子。阿吉成長期除了Bon

Jovi、Europe（歐洲合唱團）外，Michael Jackson、霹靂舞和小虎隊也有影響到，跳舞的愛好應該是那階段，現在會跳舞的樂團不多吧？

音樂方面，七〇年代出生的小孩對校園民歌當然不陌生，阿吉才寫道：「阿盛很臭屁的問我會不會齊秦跟王傑的歌，我拿出一本小冊子《弦》（收錄當代民歌跟流行歌曲的譜），『你自己翻吧！』一首王傑的〈一場遊戲一場夢〉（不要談什麼分離，我不會因為這樣而哭泣，那只是昨夜的一場夢而已……）之後，我和阿盛成了好朋友。」書裡提到參加「滾石小子」徵選的歌星夢，雖然破滅了，卻在他寫的歌裡留下痕跡，都避免艱澀難懂，旋律流暢，歌詞取材於市井小民的俚語俗句，但生猛有力具流行度。不過從字裡行間看來，他的「歌星夢」是想給女朋友一個交代，不意一個一個結束，乾脆當個更有個性的重金屬Rocker！

上世紀八、九〇年代金屬樂風在台灣獨立樂團界很受標榜，喜歡國外的Nirvana、Metallica、Guns N'Roses、Skid Row、Pearl Jam等等，這些都是經典，也是搖滾明星，但在台灣保守的商業影視環境很難被接受。走清新搖滾如今看來有前途了，偏又選擇走台語搖滾，不是流行的好操作包裝的路線。

看阿吉寫的書，就更能了解Rocker的本色絕非為了錢，也不能只愛錢，不然他也不會去搞表演場地從SCUM到The Wall，弄大吉祥錄音室，打乙組棒球，冠宇病逝和社會事件後讓董事長樂團繼續下去，真的是為了成功嗎？還是為了一個「爽」？他並沒有交代很清楚，可能需要再十年，連他當年剪掉長髮的那刻，心情也是複雜的，是為女友？是為了向現實妥協？真實的心境都是難以向外人道的！我認為，對於Rocker而言，最真實的，永遠在台上和歌裡。

自序

還好我們擁有搖滾樂

在冠宇離開的第十三年前夕，我們照慣例想要為他辦一場紀念會，並藉由文字描寫過去，希望大家可以一起回憶冠宇。

文章內容是從他一開始看我不順眼、想打我，到後來一起組團、成為莫逆之交的一些小故事。沒想到貼上網路之後反應熱烈，於是我就這樣每天寫著寫著，有點欲罷不能。到後來，我還因為擔心歌迷朋友們等不到文章會睡不著，所以每天都盡量在午夜十二點之前Po文，直到紀念會當天。

後來出版社找上門來，希望我能再繼續寫下去，把這些單元小故事集結成一本完整的書。但整整快半年的時間，我寫不出半個字來……，慘了，我根本沒有心理準備！寫歌對我來說相對就簡單許多，我甚至問編輯能不能發行臉書上寫的那些就好。

我不是一位專業的作家，所以捏造不出假的故事，有時寫一篇要花上好幾個小時，有時回想一個主題要花上一兩天，雖然寫的大多是董事長的年少輕狂跟荒唐歲月、社會寫實和江湖路險，但有時想到冠宇的種種，思念之情油然而生，常常一個人躲在錄音室的小房間裡淚流不已，一邊哭一邊寫……，我真的不是一位專業的作家。

花了一年的時間終於完稿，書裡寫到許多九〇年代台灣樂團圈的小故事，有些團現在很紅了，有些團消失不見了，厲害的天才，不一定會留下來，而堅持到底的人，反而有一席之地。

現在的我已為人父，那些繁華俗事、魂縈舊夢雖然都只是成長的過程，卻也豐富了我的人生。該來的會來，該去的會去，最後的我們都只剩下一篇篇收藏心底的回憶。年少輕狂已矣，人生中難免會踏錯步、走錯路，但如何勇敢的去面對未來，給予我們的下一代美好幸福的世界，才是生命中最大的課題。謹以此書，獻給我生命中美麗的意外，願她在我缺席的每一個日子裡，依然笑笑迎接每一個燦爛的明天。

人不瘋狂枉少年，還好我們擁有搖滾樂。

24
KODA
24

K T400 CN
23A

最後一杯酒

——董事長樂團的年少輕狂

吳永吉（阿吉） 領銜主演

何志盛（冠宇）、**杜文祥**（小白）、**林大鈞**（大鈞）、**于培武**（金剛） 聯合演出

人物

礦工的兒子——阿吉

我叫阿吉，本名吳永吉，綽號Poki（百吉）。出生在瑞芳深澳漁港附近的小漁村，爸爸是宜蘭人，在建基煤礦當工頭，身強如牛，為了養家，常常在礦坑裡一天工作十六小時（兩個班），古意，勤勞，節儉，個性脾氣很直很土性，綽號「番仔同」。

媽媽姓賴，是深澳大社在地人，九個兄弟姊妹，除了媽媽跟阿姨之外，其他七個哥哥弟弟都是討海人。外公很早就過世，聽說是大舅舅賭輸錢把媽媽半賣半相送給爸爸，從此媽媽就叫「吳賴—雲娥」。

爸爸很傳統，重男輕女，媽媽為人海派廣交，村內年輕人都尊稱為「大姊頭」，但媽媽一心渴望生個女兒。四十三年前的一個夜晚，媽媽生了第三胎，小嬰兒很健康，媽媽看了我後嚎啕大哭，「我哪這歹命，又擱是查甫的！」隔壁床的媽媽高興的說：「阿娥，我三個都女的，那我們來交換。」協議之下，決定偷天換日，誰都不准後悔，一方可以換得女兒完成心願，一方總算可以有人傳宗接代，繼承家業（捕魚世家）。

還好我那勤勞傳統的爸爸剛好趕到，抱著這個女娃，怎麼看都不像剛出生的，還有雙眼皮，逼問之下，媽媽才說出實情，把我換了回來，不然我現在可能真的在海邊當海王子，討海一世人了……。

（當晚媽媽繼續哭個不停，天公疼憨人，隔了七年媽媽終於生下吉妹……）

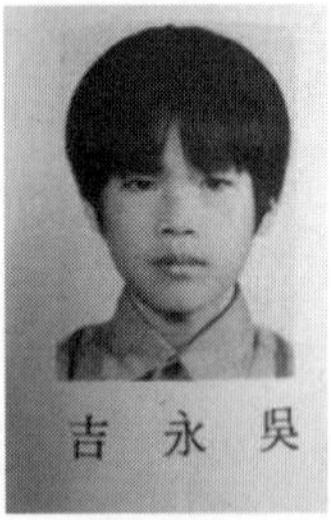

阿吉瑞濱國小畢業照。

董事長第一任主唱何志盛——冠宇

（吳永吉代筆）

董事長樂團第一任主唱是何志盛，何媽媽在得知了兒子患血癌後去算命，算命先生覺得本名「志盛」太鋒芒畢露，對身體不好，於是建議何媽媽改了較溫和的名字——何冠宇。

冠宇爸爸是宜蘭人，住在枕頭山，在北部開遊覽車；媽媽家族從雲林北上打拚，親戚大多落腳在天母士林一代，從事服飾業居多。剛認識冠宇時，他爸媽為了他的學業，從天母搬到基隆，在德育護專附近的情人湖山腳下，買了一棟老房子。

冠宇國中就是橄欖球隊，本來畢業可以保送建中，但他後來選擇了朋友較多的基隆二信，繼續他的橄欖球生涯，冠宇看起來並不壯，但身體很結實，速度很快，在球隊負責跑鋒，也許運動選手天生總是比較會打架，沒多久打了學長就被學校勒令退學了。

冠宇長得很有型，很愛耍帥。去讀基隆培德影視科的大多會有明星夢，雖然他是讀幕後工程組的，但他的個性一點也不適合在幕後，做什麼都衝前面，他的人生沒有煞車。

在球隊當跑鋒跑第一；混幫派時衝鋒陷陣打第一；擺地攤可以從最後一攤擺到帶頭第一攤；開車時四處逼車想第一（有一次在建國高架橋逼車，被一個壯漢計程車司機攔下來，要拿拐子鎖打他，結果司機被他打到住院兩天），他的理論是不喜歡看到前面有車，不然他全身會不舒服（他的職業其實滿適合開救護車的，安全、快速、免罰單）。沒錯，我的罰單百分之九十都是他開車被照相的，明明就是一台小嘉年華，他可以在高速公路開到整台引擎燒起來。

他什麼都想衝第一，唯獨考試總是吊車尾。他不在乎學業成績，能畢業讓媽媽開心就好。

我們從不計較錢，我們只要誰有錢都是一起花。我住他家，吃他家，睡他家，穿他的衣服，我出門前他會打理好我的造型。我們以為我們的友情會很久的，不管做什麼事都好。

他總是說我是他的音樂老師，教他唱歌；教他彈貝斯；教他寫歌；教他彈吉他。他很信任我，我很依賴他，如果沒有當初衝動的他，也沒有今天的董事長樂團。

穿著培德高職運動服的冠宇。

一個被搖滾改變的人——小白

杜文祥

噹——噹————（拿起電話）「喂——那按奈，為什咪賣辦退學?!」

民國七十五年，因為不爽沒寫作業要被老師打手心處罰，我請老師打電話叫我爸爸來辦退學！「阿爸，拜託ㄟ拉！我真正不想讀了！」（當初也是因為愛慕一位在舞廳認識的美工科學姊阿櫻，才去報名讀這間學校，後來發現她有男朋友了……）退學後我曾經在補習班的倉庫內包貨寄參考書給書局、在塑膠工廠當作業員……，其餘的時間都和死黨們在一起，不是去飆車就是在舞廳跳躍著青春，當然，這些工作也都做不長。

少年隊、中森明菜、本田美奈子……等等日本偶像明星的海報、圓形的照片別針，甚至是機車擋泥板，都充分的由日系帶領著台灣的流行，那個年代還有日本摔角來台灣比賽，但是，重點是，我的家鄉基隆，怎麼出現一所高職，女生是穿「水手服」當制服，哇賽！而且還有好多台北人來就讀，當下我與死黨們決定，下學期我們去報名，但因興趣不同，我報名了影視科，他們選擇了汽修和電子科！

家境不是很富裕的我，一年級放學後在大正咖啡廳打工，所賺也沒貼補家用，學費也沒自理，打工的收入還是花費在跳舞和死黨的吃喝上，所以，除了睡覺外，平常我很少出現在家裡，直到有一天……

「文祥，快來吃飯，在房間那麼久了，我耳朵嘛休息一下！」我媽大叫著。

是的，就在二年級，我在學校第一次看見樂團社的學長在練團，我驚嘆不已，感覺好像無意間看到女生穿幫時的興奮，每個節拍、旋律都深深的扣住我的心，我開始接觸了「電吉他」。

記得剛開始學彈吉他的時候，時間總是匆匆溜過，房門一關都四、五小時，久而久之，死黨們也漸漸少碰面了，錢也都花在買CD和去台北pub看表演，從此，不飆車了，改飆電吉他！

學音樂的小孩不會變壞，玩音樂的時間總是讓我特別的開心，且受到相當的歡迎，我們開始組團，寫歌，表演，尋找出一個屬於自我的態度及音樂風格，對未來不再畏懼，開始有了理想，也慢慢學會堅持，這一切，或許就是所謂的「搖滾」吧！

發行第一張專輯後，這一次的跨年活動在基隆演出，我巧遇到我的死黨，他變胖，也結婚生子了，而他也正是這次活動負責幫我們接送的司機大哥！哈哈，誰教他當初選擇汽修科，他鄉遇故知心中快樂無比，旅途愉快。抵達現場後，我們準備彩排，插電調音時在我面前突然出現一個女生，一個我似曾相識的女生，她是？阿櫻……對，她是阿櫻，她神情渙散，衣著奇異，已經不是我少年時期認識的阿櫻。她問我過得好不好？然後告訴我她離婚了，在醫院住了很長的一段時間，剛出院不久，我不敢問她原因，看著她的無助，我恍然覺得際遇無常，造化莫測，生命是需要寄託，思想是需要信仰，我告訴她，妳現在還是跟以前一樣漂亮，不要失志，要給荒廢已久的心靈多點灌溉，找到自信的出口，我沉重不捨的祝福她。

我知道我是幸運的，我的理想來自於音樂，我的音樂來自我的興趣，我的興趣造化了我，雖說在音樂的市場上我們不是天王也不是巨星，但在名利的誘引中我們看得最清，堅持理念奮鬥到底。誰說搖滾樂無法改變這

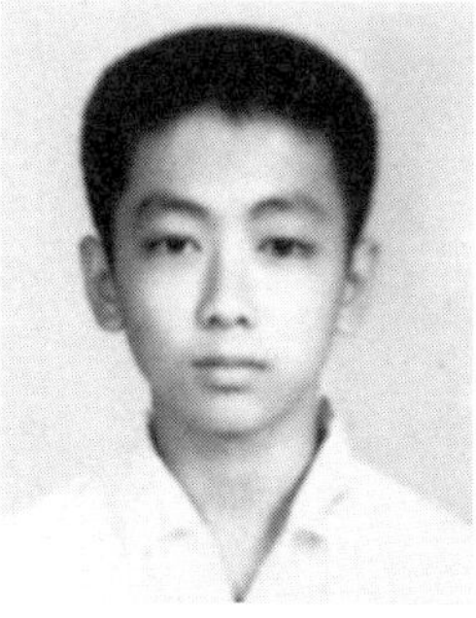

國中時期的小白

世界！誰說搖滾樂只是喧譁的吵雜聲，其實不然，因為，我就是一個被搖滾改變的人！

大起大落的人生——大鈞

小時候我家算很有錢，父親大學畢業是一家生產不鏽鋼廚具公司的總經理，媽媽經營舶來品服飾店，她很有眼光口才很好，當時許多演藝圈一線紅星的服裝都是跟她買的，她經常出國帶貨，能說日美義大利語，每次回國都帶給我們當時最新最屌的玩具，小學的時候，我家都是第一個有微波爐、放影機、新型家電，我的鉛筆盒就是那種很多機關按鈕的……。

但是人生說變就變，我父親的公司抵不過日本技術的崛起，母親

四歲的大鈞。

因為做人海派替朋友擔保遭到惡意倒帳，頓時家裡變成債主每天上門的窘境，連同親戚的財產至少賣掉五間房子還解決不了事情，那段從天堂掉到地獄的日子讓我畢生難忘……。

國小時期，我的功課很好，因為家裡都有請家教，最好的同學邀我小學畢業一起去念大直國中，那是一所重視升學的學校，我請父母幫我轉戶籍，但是當時家裡遭逢巨變，那時戶政事務所的態度與效率也跟現在截然不同，轉學的事情因此石沉大海，我就在位於林森北路的新興國中過了三年如同流氓的日子，高中也沒去念，在台中職業技能輔導學校待了一年，這地方更誇張，退伍沒工作的、沒錢念書的、家裡管不動的，甚至通緝犯都聚在這，真懷疑我當時是怎麼熬過來的……。

拜科技所賜網路發達，我當年最好的同學透過臉書找到我，他現在是長年旅居美國的DNA博士，上次回國還因為背景特殊遭到滯留，聽他講他們公司所作的DNA研究，相當深奧，我認真聽還是一知半解，然而我心裡想的是：如果當初我們一起去念書的話，我現在還會是董事長嗎？

我並沒有經歷一般的升學之路，人生也遭遇多次轉捩點，正當我在廣告公司平步青雲的時候，我遇到阿吉、小白、冠宇這些人，我們臭味相投，若是我沒有加入董事長，現在的我又會變成什麼樣？而董事長又會成為怎樣的董事長？

反正，我很喜歡自己現在這個樣子就好了！

由一個韓國華僑變成台灣人——金剛

一九六九年，我在韓國出生，爸爸是山東人，媽媽是河北人，因為大陸內戰的時候逃難到韓國（因為爸爸不是軍人，所以沒有跟國民黨來台），家裡共有五個兄弟姊妹，我是最小的，跟大姊差十五歲，據說我剛出生的那一刻，所有的護士跟接生的醫生都認為我是一個死嬰，因為我都沒有任何哭叫聲，後來有一位護士就猛力拍打我的屁股，過了將近十分鐘之後我才叫出聲音來……。

大約七八歲的時候，我開始接觸了國外的音樂，因為我二哥那時候是高一生，他聽美軍電台所播放的音樂（當時韓國有駐韓美軍，所以設立了一個美軍電台），剛開始我當然是聽不懂，有一天我問二哥，這是什麼音樂？他回答我「Rock'n Roll」，從此在我心裡種下了搖滾的因子。

十一歲時，爸爸決定要收掉在韓國苦心經營幾十年的餐館（韓國官員很機車，處處找麻煩），決定要遷移到台灣（那時我兩個姊姊在台灣讀大學，所以在新店買了房子），就這樣我跟家人來到台灣定

青春正盛的金剛

居，剛開始我還以為來錯國家，因為我聽到台語，還以為是哪一國的話……那時也常常被國小的同學欺負，因為他們都認為我是韓國人（我那時說話還是有一種怪腔調），都不太跟我玩，一直到國二跟同學打架了之後，才慢慢的融入大家。

國中畢業之後，因為不想繼續念書，所以放棄升學直接工作，開始去餐廳當學徒。服兵役時抽到三年海陸兵，快退伍時因為同學的介紹認識了樂團圈（當時最紅的團就是「刺客」[1]）我也就這麼一頭栽進了搖滾圈，邊玩團邊工作，從不會打鼓一直到加入「骨肉皮」[2]，一路自我摸索，提升鼓藝，後來阿盛跟阿吉找我共組董事長……。

以前有人問我是哪裡人，我都會因為來自父母血緣的關係，考慮一下然後回答說是「中國人」，但是現在你若問我是哪裡人，我一定會不加思索的回答：我是「台灣人」！

1 刺客：一九八五年成軍至今的重金屬創作樂團，成名曲為重新編曲演唱的〈無敵鐵金剛〉。素有「帶著pub樂團走出地下」及「台灣搖滾教父」之稱。現任團員為主唱袁興國、貝斯兼鍵盤手袁興緯、吉他手楊聲錚及鼓手陳柏州。

2 骨肉皮：一九九二年成軍後的骨肉皮，歷經數度的團員變更，最為人熟知的組合為SCUM時期由主唱兼吉他手阿峰（張賢峰）、吉他手秀秀（徐千秀）與阿豪、鼓手金剛所組成的四人陣容。秀秀入伍後找來原「直覺」的阿吉擔任貝斯手，並以此陣容錄製了首張專輯《一九九五台灣地下音樂檔案肆——骨肉皮》。一九九九年發行第二張專輯《快樂玩》之後，樂團宣布解散，當時的編制為最初創團的阿峰、秀秀與一九九七年加入的貝斯手莊敬。

輯一

01

原來我有媽媽

從我有記憶以來，小時候是住在瑞芳的建基煤礦工人宿舍，家徒四壁，什麼都沒有，但也什麼都有。吃喝拉撒睡，全部都在這小房間裡。

一家幾口我也忘了，我只是不記得有「媽媽」這個角色。

哥哥們去上學後，我都一個人穿著四角大內褲打赤膊在礦區四處遊晃，常常被附近的大哥哥們欺負，身上跟臉都被抹上了煤渣，活像個小黑人，哭著回家。爸爸見狀，覺得情況不對，就把我送到宜蘭壯圍阿嬤家。

我很喜歡宜蘭阿嬤家，新的環境，新的阿公。我跟阿公雖然沒有血緣關係，但我真的很喜歡他！白髮微禿、讀書人，很喜歡看報紙，在壯圍鄉公所當祕書。公務員的關係比較好，所以我小學可以提早一年入學。

晚上睡覺時我喜歡依偎在阿公阿嬤中間，冬天我手腳易冰冷，阿公會用雙腳夾住我，幫我取暖，我會覺得很幸福，到現在我依稀都還記得阿公慈祥的模樣。

爸爸很少來看我，我也沒有思念他們。說真的，每次我看卡通《萬里尋母》都覺得馬可很笨！明明跟阿公阿嬤住比較幸福。我功課還不錯，阿公都會教我，後來兩位哥哥也一起搬來住，就讀壯圍國小，大哥還是全校第一名畢業！

阿公常常會在半夜叫醒我們三兄弟，一起看威廉波特少棒轉播；阿嬤會煮番薯湯給我們喝。我最喜歡吃番薯，三餐都要吃番薯！我有發明很多吃法（後來才知道是家裡窮才每天都吃阿嬤自己種的番薯）。我小時候的願望就是跟李居明一樣，當棒球國手，為國爭光！

在讀國小三年級前，爸爸把我們三兄弟接回瑞芳，然後跟我介紹，這是你媽媽（喔！媽……）；還有，這是你妹妹（從來都不知道有這個妹妹，但她還真古錐）。租屋處是在深澳發電廠對面巷子裡的朋友家，家徒四壁，比之前更小，我們沒有怨言，因為一家六口終於可以團聚了。

就讀瑞濱國小的阿吉（攝於十分寮）。

02

有酒酐，倘賣嘸

從壯圍轉到瑞濱國小，同學們的背景大不相同，但大家的爸媽大都離不開這三個角色：礦工、捕魚、做礦工的原住民。

有一天上國語課：「我有一支槍，ㄑㄧㄤ槍、一聲槍。吳永吉同學你唸一遍。」「鏘—ㄎㄧㄤ，我有一支鏘。」全班大笑！老師反覆叫我唸了幾遍，我還是「鏘—ㄎ—ㄧ—ㄤ，我有一支鏘」。我不覺得有錯在哪，臭奶呆一時也改不過來。

後來，班上帶頭的原住民同學王四郎，都叫我吳永鏘，我雖然不是很滿意，但也默默承受，大家開心就好，轉學生總是吃虧點。

勤勞節儉的爸爸終於買房子了，新家離海很近，住在二樓，打開窗戶探頭就可以看到海，在陽台可以看到整個九份山城夜色，我們都很喜歡這個家。

放暑假時我幾乎每天都待在海邊。很奇怪，那時沒有垃圾車，大家都把垃圾往海邊倒，垃圾一滿，自然就會有人在海邊焚燒垃圾，我也常待在那幫忙，有時還會撿到一些寶物。

庄內的隔壁班同學，國龍、豬豬教我海邊小孩的生存之道，就是去海邊撿一些別人不要的破銅爛鐵再轉賣，阿努密（鋁製品）質料輕、價格又好，電線（紅銅線）嘛不錯，但需把塑膠外殼用火燒掉才能轉賣，燃燒時常常會發出一陣惡臭，大家就知道我們三劍客又在賺外路啊（零用錢）！

海邊附近在蓋新房子，工人教我們搬磚塊，一塊磚角一分錢，需搬到三樓。通常一個下午可以賺個好幾十塊，但是現在想想還滿危險的，沒有工程帽，也沒有保險。蓋樓的磚塊不夠時，建商為了省錢，偷工減料，把回收後的舊磚角再利用，把舊磚附有水泥的用鐵鎚敲掉，拼湊成一塊新的，我們也高興地再賺一筆。

我們把賺來的錢拿來平分，有多的分不平均，就去買清冰來公家吃，我很快就融入了他們的生活。我們開始學大人，把賺來的錢拿去輸贏。在我們那個村裡，大人不是賭博就是喝酒，我很快地學會很多賭法：十三支、撿紅點、排七，甚至四色牌，我也常在媽媽的身後實習。

舅舅的麻將間只要有空檔，表妹就會來通知我，以我為頭的表弟妹七八個就會圍在麻將間裡練習打麻將，大人經過還會來教我們正確的打法、規則。沒有人會罵我們、說小朋友不能賭博，彷彿賭博就是我們海邊人的生存方法之一。

瑞濱國小同學合照，右二為阿吉。

吳永吉（後排左二）與二哥（前排右二）及鄰居玩伴的合照。

03

最佳拍檔——三劍客吉龍豬

當時，每家雜貨店的倉庫後面都會放幾台電動玩具，管區的也都睜一隻眼閉一隻眼，反正賭博在鄉下也不算犯法。我們常窩在雜貨店，把打工賺來的錢都輸在電動玩具了，三人心有不甘！

我們為了要逆轉勝，試過好幾種方法。豬豬曾把整個水果台倒過來，才跑出幾枚五塊錢，但零錢聲音太大，我們必須合唱校歌才能壓過那聲音，風險太高了；國龍跟他哥借了電子設備，四周沒人時就可以電台仔，但有一次電跑馬，獎金電得太高，被他開雜貨店的阿伯發現，說要告訴我們爸媽，我們直說是機台秀逗，跟我們沒關係。那時我們三人隨身都攜帶著生財器具，撲克牌、骰子，還有十字起子。

雜貨店後面沒人的時候，賊頭賊腦的國龍負責把風，較圓胖的豬豬站前台可擋住視線，瘦小的我躲機台後方，負責轉螺絲、破機台。我們沙盤演練過，國龍一唱「當我們同在一起——」，就表示有人會進來，我就馬上抽身回到前台，裝作沒事。我們觀察過每個雜貨店進出的人口跟熱點時間，我們很認真，我們一定會成功！

終於有一天，我發現了小瑪利的盲點。我骨架細小，右手可整隻伸進退幣孔內，點一下就有五元跑出來！配額如下：一人一元，剩下兩元公費。我們並不貪心，每次的行動只要賺五十至一百元之間，根據上次失敗的經驗，結論是：「留得青山在，不怕沒柴燒。」

我們四處吃喝玩樂，偷腳踏車、偷挖番薯、跑去深澳發電廠偷鐵轉賣，反正是國家的鐵，借我們用一下。才讀國小的我們就跟大人在賭十三支了。我們什麼都不怕，我們是最佳拍檔：三劍客「吉龍豬」！

04

田徑隊、合唱團、山地舞

五年級，我被選上了田徑隊，我跑很快，跑起來像馬一樣，我又有了新綽號：「顱窿馬」，但跟其他原住民隊友比，我算是小咖，只能跑中後段不重要的棒次。田徑隊幾乎有一半以上都是原住民，他們發育得比我們平地人快，常常聽到他們私下在討論長陰毛的事，我很自卑，跑也跑輸他們，長也長輸他們。

班上的導師王和盛對我們很好，我們是他師院畢業後帶的第一個班級，他人很老實，但我總覺得奇怪，因為每次我們在上合唱課時，他都會跑來看我們練習，後來才知道原來他是在追我們的音樂老師（後來他們真的結婚生子，而我們到現在還保持聯絡）。

音樂老師很有氣質，而且把我們教得不錯。班上原住民多，所以會唱歌的也很多，老師常常帶著我們四處比賽。我記得我們還曾代表瑞芳鎮去板橋參加全台北縣的合唱團比賽（後來同學會時，音樂老師跟我說，小時候真的看不出我有音樂天分，我說我是苦練型，因為小時候底子打得好）。

瑞濱國小的山地舞很有名，舞蹈老師為了使整支舞看起來更有戲劇性，所以加了很多原住民抗日的橋段，但是我們學校有個不成文規定，只有原住民跟功課好的同學可以跳山地人，功課不好的學生只能跳日本兵。豬豬有一半原住民血統，當然跳山地人；我功課算好，也可以跳山地人；國龍則是每年都跳日本兵！他心裡很幹，每次都要在稚嫩的臉上貼上日本式的鬍子，但是學校的舞蹈團隊總是屢創佳績，拿了很多獎，我們也穿著內褲，別上樹葉，打著赤膊，四處表演。

國小五年級，被選上田徑隊的阿吉（後排中間）。

05

帶扁鑽上學去

國小畢業後，我的成績還不錯，維持在前十名左右，又加上有繳課後輔導的錢，於是被學校分發到前段班。豬豬和國龍家裡兄弟姊妹多，爸媽不給他們錢參加輔導課，自然被分配到後段班。

大哥也是瑞芳國中畢業，深知校內流氓風氣鼎盛，一開學就帶我去訂作制服，他說這樣比較不會被欺負，我也不知這是哪門子的道理，反正聽哥哥的話準沒錯！我穿上了緊身、略白的制服，有點「唱秋」的走進學校，其實我不太習慣。

班上各自山頭林立，有新街的、有舊街的、四腳亭的，還有內瑞芳的。我什麼都不是，我只是來讀書而已，哪有那麼複雜！但當時全台犯罪率最高的國中果然不一樣，雖然我讀的是前段班，還是有些同學不斷的來跟我挑釁，我有點受不了，幹！恁爸也不是好惹的！隔天，我就偷了我哥的扁鑽，帶去學校向同學示威（其實我心裡比誰都害怕）。消息一傳開，那些想帶頭的就跟我成為好友，我們組成了五虎將，一起到天公廟前歃血為盟，把血滴在米酒裡（後來老大不小心割太用力了，我們四個人也覺得很痛，最後改用吐口水），五個人一起把整瓶喝完。從此以後我們就是換帖兄弟了，有福同享，有難同當。

班上不再有人欺負我，我不欺負別人就不錯了！自此之後我也不再讀書了，老大賜仔、老二阿斌、老三阿達、老四阿華，我年紀最小，排行老么，個子也最小，他們幾個都人高馬大，好像是在保護我，有換帖的感覺真不錯！

阿吉（右）與表弟同讀瑞芳國中。

左為阿吉，右為愛唱歌的同學簡鈺聲。

06

打過人，自然會被打

國中那三年，我們五虎將成天混在一起，到處喝酒、到處鬼混，認識一些有的沒的，跟後段班的女生聯誼。

有一次，國三模擬考完，我們約了一票女生，在天公廟前喝米酒唱歌（那時的經濟能力只喝得起米酒）。廟公在睡午覺，叫我們小聲一點，國中生喝了酒哪管那麼多，還越唱越大聲！廟公覺得我們不受教，但我們想說，我們那麼壞，他應該不敢報警。

沒想到真有警察追了上來，叫我們全都不要動！只有我一人突破重圍（田徑隊不是假的），跑下山林裡去躲起來。警察拿著大聲公對我心戰喊話：「下面的同學，自首輕罪，抓到雙倍！」我也覺得自己不夠義氣，就我一人落跑，況且有個馬子是因我而來的，我就上去自首了（換帖的說我很笨，但很夠兄弟！）

隔天上學，學校裡廣播著我們幾個人的名字，我們知道我們死定了，訓導主任博仔的變態捏肚臍功是全瑞芳出名的！我們一個個被叫去訓導室，以藤條伺候，屁股都開花了，幹！真的很痛！痛到分期打。我們每人都被記了一支大過，但心想，反正快畢業了，沒差，一條命！

畢業旅行時，由於去的人數不多，我們跟隔壁班合坐一輛遊覽車。坐最後排的隔壁班同學們，有人吆喝說：「三〇七班有人敢比十三張嗎？」我自然就被推出去當代表。車子還沒開到目的地，他已經輸到脫褲爛，我說：「沒關係，讓你欠著，反正我們每天都會遇到！」

回學校後，我想說算了，但換帖兄弟要喝酒沒錢，於是我們每天就半威脅、半恐嚇的去跟他要錢，一天要個幾十塊。（從此不喝米酒，改喝紅露加蘋果西打！）有一天，他說他真的沒錢了，也還得差不多了，但我們要錢要習慣了，才不管他還完了沒，就對他撂下狠話：「明天再沒有就走著瞧！」

隔天，一到他教室門口，他們同村的小學同學跳了出來，往我胸口一記重拳，說從此一筆勾消，不然就試看看，叫我去四腳亭打聽他的門號。

我含著眼淚，心有不甘，打電話給我大哥，說有人打我！大哥跟幾個舊街的兄弟趕來，把課堂上的我叫了出去，在這種學校教書，老師其實也司空見慣。我們去到他教室門口，把那位同學叫到廁所，我哥叫我先打（其實我很少打架，不知如何下手，只輕輕揮了一拳），大哥他們把我推開，就一陣拳打腳踢的，撂下名號就走了。

放學前，換他叫校外的幾名流氓跑進了教室要找我，換帖們見狀不對，我那麼瘦小，禁不起打，叫我先去躲起來，他們來擋就好，我從二樓窗戶跳下，跑到訓導室。

晚上我們在老地方碰面時，聽他們說都被打了，我覺得很慚愧。於是我們彼此提醒，不能落單、看到校外人士要小心。

後來，聽說大哥跟他們喬好了，以後井水不犯河水，雖然還是有些零星的小衝突，我也曾落單被拖進廁所圍毆過，但後來彼此也成了朋友，若干年後還曾在朋友的一家酒店遇到過（後來聽說他被抓進去監獄了，傷害罪，被判重刑）。

輯二

07

拒絕聯考的小子

國中畢業後，跟幾個換帖的說好都不去讀高中，要一起到外面打天下，賺大錢！

雖然是這樣，但也應著家裡的要求去報考了瑞芳高工，家裡的兩位哥哥也都是就讀那所學校，平常看他們畫機器、建築的製圖，常熬夜趕作業，都少年白了，讓我對這所學校有點反感了，在考試的前一晚，我還是跟平常一樣，跟同黨的國龍、阿傳去賭錢玩十三支，直到大哥發現我明天聯考，才把我抓回去念書。

理所當然，放榜時我只考了二百多分，是礦冶科備取（老爸當礦工已經夠苦了，我怎麼可能去讀礦冶科），只能讀夜校。家裡覺得我去讀書浪費錢，不強迫我（其實，沒書可以讀剛好也稱我的意）。

大家都放暑假了，我不知我要幹嘛，換帖大仔賜啊去車床工廠當學徒，老二阿斌去學廚房，老三阿達老四阿華都被家裡逼著去讀高工夜校，同黨的豬豬被家裡安排去當水電學徒，臨去的前一天還問我要不要跟他一起去台北，一開始我有點心動，但想到我很怕觸電，又要去學水電，於是跟他搖搖頭，他就找國龍去了。

九月開學了，大夥都有事做，我只能一個人，每天拿著棒球手套，反覆的往牆壁丟，丟到手痛，抬不起來為止，我連個丟球的伴都沒了，我不知道我的人生是什麼，我的下一步要做什麼，我為什麼是礦工的兒子，為什麼跟阿嬤在宜蘭住得好好的，爸爸硬要把我接來這個不是賭博就是喝酒的環境生活，我的功課以前明明很好的，我下定決心要離開這個地方……。

08

麵包學徒的生活

附近鄰居的一個大姐姐，每天都穿得漂漂亮亮出門，我知道她在基隆一家頗具知名度的麵包店上班，我隨口問她說：「你們世紀蛋糕有缺人嗎？我很喜歡吃麵包ㄟ」！她說：「有啊，但你應該不適合，如果要去應徵，千萬不要說你認識我……。」

於是我隔天就去應徵了。老闆看我是宜蘭同鄉，二話不說，馬上就帶我去宿舍參觀環境，睡老闆吃老闆，月休二日，台幣兩千，薪水雖然不高，但老闆說在這工作花不到什麼錢，學東西比較重要，我想想也頗有道理的，一技之長總比讀萬卷書重要。

隔天，一早六點我就被叫起床了，學徒充其量只是個打雜的而已，刮鐵板，洗抹布，搬麵粉，掃地……每天工作到快十二點，這種生活，其實也沒有時間讓你想太多，下班倒頭就睡，醒來就是上班，有時候累到好幾天沒力氣洗澡。

慢慢的，我已經上手了，會烤麵包了。適逢中秋佳節，公司的鳳梨酥又是熱銷商品，我每天從早烤到晚，身體終於受不住了，常常一打開烤爐，熱氣撲面而來，就流鼻血了，鼻子常常插著兩根衛生紙繼續工作，師傅們也見怪不怪，反正有做不完的事，沒有人會去管你的。

工作了將近三個月，那位大姐姐終於開口跟我講話，看我常流鼻血還會拿藥給我，叫我放假要常回家。那時也不知怎麼搞的，我就是不喜歡回家，在家裡沒地位，爸爸總愛唸我沒出息，撿角！所以我常常幾個月都沒休假，也沒回家，一個月多了五百元的薪水，不無小補。我都把錢給媽媽，媽媽說二哥讀書比較需要用錢。

工作閒暇之餘的最大樂趣就是看免費春宮秀，那時宿舍就在柯達飯店的斜對面，打開廚房窗戶就看得到對面房間，常常有情侶做愛不關窗的。師傅說：「一定是叫的啦，哪有透中午就在做的，騙肖ㄟ！」但有時還可以看到洋將跟東方女子，交戰組合每天都不同。

做滿快一年時，我跟老闆請辭了，我還是嚮往台北的生活，於是跑到了南京東路五段金波蘿麵包，離開基隆時，我的薪水只有四千，一來台北馬上變八千；做沒多久我換到西門町一家叫麗華餅店的，去當三手，薪水一萬二；後來又去了新莊的一家麵包店，薪水有一萬五，每跳一家，薪水就高一些，最後落腳在木柵的麥園麵包，薪水已經快二萬了。

那裡有個店員長得很漂亮，可是年紀比我大，我很認真工作，自己存錢買了一台二手名流一〇〇（當時很流行的機車），每天早上都騎到木柵動物園練車再騎回來上班，生活終於有點希望了。有一天，她跟我說：「阿吉，我可以介紹我妹妹讓你認識，她還在讀中國市政，你們年紀差不多喔！」我傻笑的說，真的嗎，可以嗎……。

她妹妹放暑假了，我們約好一起出去吃飯，但我感覺得到，不管我做到麵包師傅，還是開店當老闆，她還是不會喜歡我的，因為我只有國中畢業。她總是搖搖頭說：「不懂為什麼你這個年紀不去讀書，這樣好嗎？」

我想了很久很久，我決定要去讀高中了，可是我不知道要念什麼，我什麼都不會，只會做麵包。

09 我真的很想好好讀書

翻了翻資料，我知道以我的程度只能報考私立學校，那時剛好老闆娘的弟弟也從宜蘭冬山來台北補習，我跟他借了幾本他不看的書來惡補一下，去了三重的穀保家商應考，一放榜四百二十幾分，還不錯，竟然比她弟弟還高，老闆娘還數落了她弟弟一陣子。

要讀什麼學校什麼科呢？哇！南強有影視科，分音樂、舞蹈、戲劇、工程四組，音樂不是我的興趣嗎？（記得小時候每天臨睡前都會跟二哥比賽歌唱接力，每週日都期待著《綜藝一〇〇》的暢銷歌曲排行榜。）但是我什麼樂器都不會，怎麼考術科呢？打去學校問了一下，他們說唱歌也可以，只要自備Kala或有人伴奏即可。

考術科當天，我真是大開眼界，有彈古典鋼琴很厲害的學生，有拉小提琴的，也有幾個女生組的Band，更特別的是還有一位個子小小頭髮長長的，背著高高的貝斯猛打Funky……天啊！我是不是來錯地方了？主考官喊到我的名字，我害羞的走了進去，老師問我要表演什麼，我說我沒帶Kala，可以清唱嗎？——民歌〈愛之旅〉，唱完我很尷尬急忙離開現場，因為只有我一個人是清唱的，我想說應該是沒機會了。

隔沒幾天，收到學校通知說我錄取了，但術科分數只有五十九分，因為學科夠高，所以……哈哈！不管，反正我有書可讀了，管他學校幫我編什麼理由，雖然爸媽跟大哥都不贊成我再去讀書，浪費錢，家裡也沒有足夠的存款讓我去讀私立學校，我跟他們說我有存一筆學費，之後我會半工半讀，不會跟家裡要一毛錢的。

●

開學了，舞蹈跟音樂組合班，男生大約只有十來個，我理了一個大平頭，跟老師反映我想坐在第一排，因為我真的很想好好念書。新生報到，自我介紹：「大家好，我是吳永吉，我家住在瑞芳海邊……」全班哄堂大笑，我一開始以為我很受歡迎，後來才知道是因為台灣國語太嚴重，但我也不在意，因為我真的想好好念書。

●

我租了一個二千元跟房東合住的一個小房間，水電另計，晚上在新店的電子工廠打工，一點也不會覺得苦。那年的冬天很冷，我犯了點小感冒，某日我在租屋處開了熱水器洗澡洗到一半，被房東發現把瓦斯關掉，他說有用熱水要加五百房租，我說感冒了，洗完出去再說，他不答應，也不開瓦斯，叫我拿出現金。

•

第一排比較好認真聆聽老師講課，但我的劣根性依舊還是存在，慢慢的越坐越後面，開始跟班上的幾個非應屆生混在一起，瓜哥五十七年次，貝斯很厲害的小陸五十八，我五十九，有一個混黑社會的六十，還有藍家姊妹樂團（藍珮琦，後來改名林美美），應屆的都是六十一的。

● 跟房東吵架被趕出去後，瓜哥見狀，說他家吳興街頂樓可分租給我二千五包水電，雖然颱風下雨都會漏風跟漏水，但至少有熱水可以洗澡了。

10

我的第一把吉他

搬到吳興街後，去通化街的香雞城打工，一小時四十，大夜班四十五，我時常工作到兩三點，但我心裡終於比較踏實了。

既然讀了音樂組，總是要學點樂器吧，我進了學樂器免費的軍樂隊，選了打小鼓，每日一大早都要提前去學校練習。由於工作到很晚，自然的每天遲到，學長又會體罰做體能，我心有不甘，想到他們年紀都比我小，不爽，就慢慢不去了……。

小時候，鄰居有個讀中正預校的大哥哥，常常放假就找我大哥去他家彈木吉他，唱西洋歌，我好羨慕，都想要跟著去，但大哥總是不喜歡我跟，我跟二哥只能從隔壁傳來的聲音，會唱的民歌就跟著唱，不會唱的也跟著打拍子。

我從國中就想買一把木吉他，我喜歡唱民歌，但我功課不好，做事也都是三分鐘熱度，所以媽媽只買給了考上二專的二哥，反正買給我也是浪費錢，也怕我把錢拿去賭博，但我也沒啥感覺，反正我從小就被否定慣了。

我打給二哥，問他還有沒有在彈吉他，我知道他課業很忙，根本沒時間，「借我好不好？我想練看看，下次從台中帶回來給我吧！」

我拿了我的第一把吉他（雖然是二手的尼龍古典吉他），去書店買了一本木吉他教學書，看了好幾天，還是不太懂，想到同學小陸貝斯很厲害，吉他應該也沒問題吧！

我把吉他拿給同學小陸，請他幫我調音，順便教我幾招，他出車禍，腳上還裹上石膏，馬上秀了一段Funky，跟我臭屁了一下。他真的很厲害，年紀輕輕就練得一身好功夫，偶爾也看他幫李亞明、薛岳代班。「同學，我腳快好了，明天我想去學校，你可以來載我嗎？」

「OK啊，你都幫我調音了！」

早上我去了新店中央新村載他，下課他說順路載他去信義路的敦煌樂器[3]教課，天空下著毛毛細雨，突然前面汽車緊急煞車，我雙手一按，雙腳也著地幫忙減速，遂「碰！」的一聲，小陸又摔倒在地。我人都沒怎麼樣，只是個小擦撞，小陸唉唉叫，「我的腿我的腿啦，快好了說，你他媽的煞車怎麼那麼不靈！」我笑笑的跟他說，「沒錢換煞車皮啦！」載他到樂器行時，他拿了五百塊給我，「去換煞車皮啦，以後成功不要忘記我喔！」

3 敦煌樂器：一九八四年於和平東路上開業，由李鴻松與謝明通（阿通伯）兩人合夥經營。一九九九年遷至建國北路，原址由阿通伯獨立經營「阿通伯樂器世界」。敦煌樂器除了專營各種流行樂器、器材技術支援、舞台燈光音響與企劃之外，同時具有樂團經紀人的身分。

11

愛國還是愛她

南強那時候有個風雲人物，長得很像男生，頭髮長長的，跟班上的藍家三姊妹很熟，有一次學校的排球比賽看到她，縱橫全場，他們班幾乎只靠她在打，我問了一下班上同學她是誰，「潘美辰，你不知道嗎？」

每天工作到兩三點，白天去上課，自然的就開始睡覺打瞌睡，根本已經無心向學了，但是最期待的還是星期六，我會提早下班，瓜哥會帶我去台北的各大舞廳玩，瑪丹娜、黛安娜、名人、Touching，有時還會去萬年冰宮溜冰。我也學會了當時很紅的「摩登語錄」（Modern Talking）[4]的舞步。

有一次，大夥要出去玩，身上都沒錢，怎麼辦？突然瓜哥的朋友就說：「阿吉你脖子上的金項鍊先拿去當，我們下禮拜就分別還給你。」我說：「不行啦！那是我來台北，媽媽拿給我的，千交代萬交代說有急用才可以用的啦！」大夥你一句我一句的，「對啊！就是有急用啊，不然我們晚上要在基隆路吹東風嗎？今天瑪丹娜是淑女之夜，能不去嗎？錢下周我再幫你收好，你再去贖回來不就得了，沒有人會發現的。」「好像挺有道理的，走吧！」

•

瓜哥是芋頭番薯，爸爸是老國代，媽媽則是南部台灣人，對我很好，把我視同己出，煮飯都會多煮我的份，常常看到她就會想到我媽媽。頂樓租屋處，下雨天會漏水，瓜哥就會叫我去他房間睡，教我唱流行歌，他最喜歡張國榮跟鄭進一，也教我說標準的國語，他說阿吉你這種破國語肯定交不到馬子的。

沒錯！我當時偷偷暗戀班上的一位舞蹈組女生——菜瓜。她瘦瘦的，戴著一個大大的黑框眼鏡，造型很像當時的藝人蔡閨，她跟瓜哥很好，都以兄妹互稱，男同學都喜歡捉弄她。學校的制服有點半透明，男同學很喜歡在女生的背後用很快的速度解開內衣的卡榫，然後一窩蜂的跑掉，煞是好玩。當然不是每個女生都可以開玩笑的，菜瓜好欺負，也不太會生氣。有一天我也一時手癢，第一次學著別人玩這個遊戲，捉弄她，應該是我技巧太爛，沒有成功，被她發現，回過頭賞了我一巴掌。

雖然是這樣，我還是很喜歡她。當時蔣經國總統辭世，我看她心情不好，抓住機會跟她說我心情也很難過，「我載妳去忠烈祠，一起去弔唁他好不好？」當天下午天氣很熱，排隊排了好幾個小時，我快中暑了，我不知道我到底是愛國還是愛她？

4 摩登語錄（Modern Talking）：八〇年代中期來自西德的雙人團體，以電子舞曲風靡各大舞廳，當時的曲風統稱為「新浪潮」，並發展出許多肢體誇張的經典舞步。

12

台北不是我的家

想當然耳，大夥怎麼可能把錢還給我，是我這個鄉下小孩太笨，還是台北囝仔太奸巧，每每想到很多這類的事，我就會偷偷躲在棉被裡掉眼淚，「台北不是我的家／我的家鄉沒有霓虹燈……」我有點想家了。

我跟瓜哥常常混到三更半夜，去舞廳、撞球間、電動間，公子哥只要睡眠不足，脾氣一來就不去學校，我沒那麼好命，再累再晚，遲到也要去學校睡。

直到有一天學校寄來瓜哥的曠課通知單，老師也打電話來家裡關心，學校對於我們這種重拾課本，又超齡的學生，總是會特別寬容，退學前都會再給機會。他爸爸把我們兩個叫起來訓話，濃濃的外省腔，我也聽不大懂，站在一旁不敢出聲，瓜哥用國語頂了他老爸幾句，王伯伯一氣之下就說：「阿吉！你趕快搬離我們家，都是你害我兒子快被退學，沒書可讀就會被調去當兵。」這幾句大概我還聽得懂，我含著眼淚覺得很委屈的去收拾東西，王媽媽好心的叫我留下來，不要理那個老芋仔，他氣過就沒事了，我說謝謝伯母您對我那麼好，可是我想我媽媽了，我想要回家……。

我打給媽媽，說我想搬回家裡住，學校都找好了，騎車只要二十分鐘，天下父母心，只要小孩不學壞，能支付的他們也都答應，那時家境也好多了，但是私立學校學費還是很貴。

我拿著南強的成績單，跑去基隆的培德家職找教務主任，他半開玩笑的說：「吳永吉同學，你的操行成績只有五十九分，照理說學校是不能收的，你需找個保證人，保證你不會在學校鬧事，就可以讓你就讀。」我找了就讀瑞工的換帖阿達，他明明看起來比我像流氓，竟還能當我保人，這世界真奇怪。

•

我把當鋪的當條放在電話旁，故意讓媽媽看到，可能是她那天剛好打牌贏錢，喝酒回來心情正好，竟然也沒罵我，拿了四千元，叫我趕快去把金項鍊贖回來。

輯三

13

英雄惜英雄

我不是一個好學生，但也壞不到哪裡去。回到離家近的培德就讀，不用打工，終於有比較多的時間練吉他。

開學了！我終於順利的讀上這所學校，騎著我心愛的摩托車「領導九十」（之前的名流撞壞了沒錢可修，車行老闆看我可憐，讓我以車換車，免貼錢），穿著校服，登坡騎上著名的韋昌嶺……。

騎到校門口附近，不斷有同學提醒我前面有教官，叫我趕快往回騎，這時我才知道，原來培德跟南強是不一樣的，學生們不准騎車到學校，但，路是人騎出來的！後來我都把車停在半山腰，再步行到學校。

每天背吉他走在校園路上都有一個人在「青」我，我也不以為意，我是真的想好好讀書跟學音樂（心裡想「汝是底咧看三小」，我再怎麼說也是半個在地的）。

學期初，學校辦籃球賽，影視科男生少，所以兩班合起來湊成一隊（男生還是很少），當然是被電子科的慘電，阿盛走來問我會不會打籃球，於是我就被逼下場，打了約莫十幾分鐘，得了少數的唯一兩分，賽末還跑去旁邊草堆吐了幾次（因為前一天被同班的檳榔王，帶去台北有小姐坐檯的piano bar迎新，還在宿醉），阿盛就走過來拍拍我的背說：「幹！汝叫小真好嘛，酒醉還可以打球，來！晚上我家有個party，有種再過來喝！」

放學，去樂器行練完吉他後，我就直接背著吉他到了阿盛家，隔壁班的同學都在，問我會彈什麼，「都可以啊！你們會唱我就會彈啊！」〈歡樂年華〉、〈愛情〉、〈阿美阿美〉、〈廟會〉、〈戒指花〉……一首接一首，那麼簡單，同學都說我很厲害。

阿盛很臭屁的問我會不會齊秦跟王傑的歌，我拿出一本小冊子《弦》（收錄當代民歌跟流行歌曲的譜），「你自己翻吧！」阿盛選了一首王傑的〈一場遊戲一場夢〉（不要談什麼分離／我不會因為這樣而哭泣／那只是昨夜的一場夢而已……），那天之後，我們成了好朋友。

高中時期常與阿盛（左）開車出遊。

14

樓上，樓下

和阿盛成了朋友以後，我們並沒有常常玩在一起，只是彼此少了些敵意。他還是和他們班的攪和，我依舊獨自一人。每天下課後我都騎著靠打工買的領導九十，背著木吉他，到基隆的吉祥大樓三樓亞邁樂器[5]學吉他，常常看著阿盛他們班一狗票走進地下室的電動玩具間，見面也只是點點頭示意一下，志不同不相為盟吧？我想。

突然有一天，一個操台灣國語的同學在吉祥大樓的樓梯口碰到我：「欸！汝攏走去樓頂衝啥？」（我知道他是連我們班導都覺得很帥的隔壁班同學叫小白。）

我回答：「無啊，就去彈吉他啊，汝欲起來看嘛無？」小白就和阿盛走上來看我到底在衝啥，小白看了電吉他整個人都大開眼界，於是隔幾天就報名了電吉他班，地下室也不去了，阿盛自覺沒天分，只是跟著我們在樂器行摸來摸去，挺為新奇的。

5 亞邁樂器：二〇〇二年於基隆吉祥大樓開業，專營樂器販售附設音樂教室，二〇〇八年倒閉後店面頂讓，現為「查克樂器」。

15

不自量力的海王子

我把書包掛在右邊的課桌上畫上吉他琴格，上課時可以自己練習，下課十分鐘就跟隔壁班的同學一起彈唱當時流行的校園歌曲，還有「流行45轉」[6]，每個愛唱歌的同學們都跑來學吉他，我也頓時成為頗受歡迎的新同學。

我們一票同學大多不是應屆畢業生，都是有在社會上走跳過的，不然就是別間學校讀不下去、重考的，也許是臭味相投？還是惺惺相惜？我也不知道。反正有外省的、本省的、在地的、台北的、宜蘭的。

天氣漸熱，某日中午吃便當時阿盛提議：「我們去游泳好不好？」大家齊聲吆喝，我沒出聲（因為我真的想好好讀書），阿盛就笑我「臭俗啦！」「幹！我是海王子吶！我家住瑞濱海邊，就去我跟童黨的祕密基地（深澳發電場旁的一座海域）吧！」

蹺課對他們班似乎是司空見慣，反正有班長黑松會處理，老師似乎也對這群超齡生睜一隻眼閉一隻眼，只希望同學們都能順利畢業，畢竟大家都好不容易才有再讀書的機會。

大家騎著摩托車沿著濱海公路三十分鐘就到海邊了，阿娘喂！今天的浪怎麼那麼大？大家也不管三七二十一，脫了校服只剩內褲的就往水裡跳，朝對岸游了過去，只剩我一個人在岸邊，阿盛喊著對我說：「吉仔快下來啊！」我硬著頭皮也跟著跳了下去……。

大夥看我姿勢一百，又住海邊，應該很厲害的，不太理我，各玩各的。但我游到一半，發覺我的腳抽筋了，於是開始喊救命，同學們都在大笑，以為我是戲劇組的很會演。第二聲救命時大家就覺得有點不對勁，第三聲喊出時小白就跳了下來救我，但過了約十秒小白也在喊救命，因為我第一次溺水太緊張把他也拉下水了，後來真正住福隆的海王子阿維，跳下來叫我別緊張，放輕鬆，拖著脖子，把我慢慢拉了上岸。

大夥吃著王子麵，似乎把剛才的事忘在一邊，阿盛就脫口說：「吉仔，啊汝嘸是海王子？那會安呢？」我說：「靠腰啊！海王子不能抽筋喔？」大夥笑了笑就又騎去瑞芳火車站吃牛肉麵了。

6 流行45轉：45的意思是四十五轉Single，源自一九八一年將三十首「The Beatles」歌曲串連起來所發行的《Stars On 45》，台灣則由可登唱片發行的《流行45轉》，開創當年暢銷流行歌大雜燴紀元。

16

強龍不壓地頭蛇

學校女生的制服很好看，粉紅色系的海軍裝，上衣有點半透明，隱隱約約可以看到蕾絲邊，裙子也都一個比一個短，跟其他保守的基隆學校比起來，真是令人怦然心動！所以那陣子學校招生招得很好，愛漂亮的女生會來讀，一群肖豬哥也都因此慕名跑來讀這所學校。

很奇怪，我們班跟隔壁班一樣，大多數是外地來的學生，全台各地都有，但還是以台北居多，讀影視科的本地學生並不多，聽說會被後面的汽修科嗆聲，他們總覺得讀影視科的都細皮白肉，都叫我們「凱仔」（流氣的小白臉）。

地頭蛇總是比較臭屁，但隔壁的誠班也不是省油的燈。大家平常能忍的都已盡量在忍，但畢竟是好學生的話就不會來這裡就讀了。於是有一天，那股積壓已久的怨氣終於爆發開來，在體育課的自由活動時，阿盛提議說要報仇，竟把一台汽修科的車，從山頂翻車，一路滾到山腳下，一陣煙霧瀰漫，車子當然是破爛不堪，應該是報銷了，同學們一陣歡呼，終於一吐怨氣了。

後來阿盛被記了一支大過，翻車的消息一傳開，汽修科的常來找阿盛麻煩，我們也常常看見他身上有新的鬥毆痕跡，他都說他打贏，叫我們別擔心。

下課的空檔，阿盛只要看我沒有在幫同學彈吉他時，都會叫我陪他去廁所抽菸（明明我抽菸會上火流鼻血的），因為陪他去，我沒抽菸也被教官抓過幾次，記了兩支小過。

阿盛（前排右一比勝利手勢者）與翻車事件的幾位共犯。

17

闖禍二人組

某個星期六讀半天，大夥吆喝說要去烤肉。於是有車的開車，有摩托車的騎摩托車，沒車的就合夥租車一起驅車前往福隆阿維的家。

我載小白騎了一個多小時的車，同學們相繼到達阿維的家。阿維的爸爸是當地的村長，連任好幾屆了，聲望相當好，所以同學們在附近找不到他家，只要問當地居民村長的家在哪裡，自然會有村民帶我們過去。

阿維帶我們去附近的龍門露營度假村烤肉，有阿盛的地方就一定會有女同學，有女生大家也比較不會無聊，他就是那種天生的領導者，喜歡當主角，喜怒哀樂都顯於色，很難不注意到他，不像我，總是靜靜的待在角落。

一講到烤肉，大夥就都臭屁的說小時候自己是童子軍、多會生火之類的。我其實也是，但我不喜歡表現，只是坐在一旁默默的彈吉他。

突然，小白走過來，頗有自信的挑了挑眉說：「阿吉仔，我教你開車好不好？」「哇！真的假的?!從小我就想學開車，你人真好。」小白拿著鑰匙，走向那台同學租的車，手排的，我坐在駕駛座旁，聽著小白一一細說儀表板上的功能，跟真的一樣，搞得我有點小崇拜他，人帥、心地好，又會開車。

「出發吧！前面有個空地，我開到那裡，再換你開看看，開車嘛，就是常開就會了，經驗很重要，轉彎不要踩油門，儘量把駕駛座保持在路中間就沒什麼問題了！」

前方來了一台車，開得很慢，小白顯得有點緊張，講話開始結巴，於是，沒踩煞車就往他的車門撞了下去。「靠腰腫啊！你怎麼不踩煞車？」小白不好意思的說，其實他也不大會開。

村長伯來了，圍了很多湊熱鬧的人，我們未滿十八歲，當然是無照駕駛。經過一番協調之後，因為車主也認識好心的村長伯，就給他一個面子，願意再給我們學生一次機會，沒有報警，阿維他爸爸先幫忙付了七千元給對方當作修車費。

後來小白有一陣子沒有出來跟大家混，他說不想讓媽媽擔心，七千元從他的零用錢慢慢扣，我問他我要付多少，小白說算了，下次換你教我開。

阿吉與小白（右）。

18

來電五十

高一時，周日中午有個節目爆紅，叫做《來電五十》，主持人是包偉銘跟曹西平，節目內容是約二十個年輕男女生一起到一個遊樂區聯誼。主持人生動逗趣，常常把男女生虧得很尷尬，雖然是個小成本的節目，但收視率很高。

大夥常常都在討論，看哪個男生很遜又被拒絕、哪個女生很正，但怎麼眼光那麼爛……。

會來讀影視科，本來就有過人的自信，有人提議要去報名，我們就湊足十個自認很帥的男同學，相約了一起去報名參加，我跟小白、阿盛、阿億、阿維，當然也在其中。

透過學長的關係，製作單位讓我們插隊報名，很快就輪到我們錄影了。由於我當時在追黑肉，為了表示我的忠貞，我臨陣脫逃，也是想說又帥不過小白跟阿盛，一定會被拒絕，就換當時也是轉學生的曹仔代替我去。

當天在八里錄影，我記得參加的女生沒有很正，但有幾個還滿有氣質的。我們心想，小白那麼帥，只要不開口說話，女生應該都會喜歡他；阿盛還是習慣耍帥，衣服穿得很帥派，包偉銘跟曹西平還是很好笑，把大家逗得很開心。

節目尾聲會有一段最精采的告白，十個男生會陸續走到心儀的女生面前，拿著一朵花，低著頭表示：「願意跟我交朋友嗎？」如果有兩個人以上喜歡同一個女生，主持人會大聲喊出節目的招牌口頭禪：「等一下——」大家就會笑成一團，也是節目收視率最高的地方。

大家陸續登場，阿億、阿維被打槍，尷尬的離開；阿盛果然不負眾望的讓女生答應了，神氣驕傲的牽著女生的手走出場。換曹仔登場：「你願意跟我交朋友嗎？」主持人大喊一聲：「等一下——」然後看著小白被半推半就的走了出來，用著尷尬的台灣國語說：「我雖然不是最好的，但是我是最真心的。」那個女生笑了出來（我們想說應該是小白贏了）。過約幾秒，那個女生牽著曹仔的手走向公園，小白傻笑的走了出場。

隔天我問小白怎麼還選那個沒有把握的女生，小白才說：「幹！我是被工作人員推出去的啦！說什麼是為了製造節目效果，恁娘勒！下次不去了。」

19

從小我就喜歡砸吉他

黑肉感覺有點想跟我在一起了，我約她都有出來，但畢竟她是讀幼保科的，我們想法差太多，在一起也沒什麼共同話題，雖然有點無聊，但我還是喜歡她大大的眼睛。

我一直不敢對她怎麼樣，這個問題也困擾著青春期的我，如何往下一步前進。阿盛教了我幾招，霹靂啪啦跟我說了一堆。

我先約她到九份看風景，但是我的摩托車太老了，有點爬不上山，半推半騎的才來到侯孝賢導演拍《悲情城市》的樓梯。她滿身大汗，但是很可愛，我請她吃了芋圓她很開心，我想這應該是幸福的滋味吧？

阿盛說，下一步就是帶到我家海邊看海，跟她細說我的童年往事，跟他描繪我未來的抱負跟夢想，我想她應該會感動得把終身託付給我這個有為的年輕人。

我牽著她的手往家裡的方向走（一切還都在掌握中），拿起木吉他，一一唱著我寫給她的情歌〈黑肉戀曲〉，她很高興的露出了小女生的嬌羞，我想，是時候了吧？我把嘴巴靠過去，溫柔的對她說：「我喜歡妳，真的很喜歡妳……」她輕輕的說：「不要啦，太快了啦！我還沒準備好……」（我腦海想起了阿盛叮嚀的奪命必殺技）我開始拿吉他亂砸、嘶吼亂喊：「為什麼?!為什麼?!」（我當然是挑那一把快壞掉的，邊砸還自己邊偷笑，心想，這不是我會幹的事。）這

攝於瑞芳家中的房間，左邊是人生中第一把貝斯，牆壁上貼著「歐洲合唱團」的海報。

下妳跑不掉了吧？我對妳的愛就是那麼瘋狂！後來，我看她一個人很害怕的躲在角落發抖（我有點後悔聽阿盛的話了……）。

我送她回家，兩個人一路都沒有說話。從此，她再也不接我的電話，寫的情書也都沒有回了。

隔沒多久，我就在基隆香雞城的路邊，看她跟一個工科的台客在一起了，有親嘴巴，車子是新的，馬力應該很夠，是領導一二五。

20

汪洋中的一條破船

高二時，班上轉來了一個鼎鼎大名的同學，是演電影《汪洋中的一條船》裡鄭豐喜小時候的童星歐弟，我們都叫他奧弟仔。他很臭屁，因為他什麼都會，資歷也比老師深，所以全校師生都很敬他三分。我們練團時，他也常來軋一腳，他鼓打得很好但不會看譜，貝斯funky打得很好但不會用手指彈（finger style），吉他只會solo不會刷和弦（chords），古典鋼琴聽過一遍他就會彈，根本是個神童來著，難怪得過金馬獎。

奧弟仔很會唬爛，說我貝斯彈那麼好，怎麼不去北投彈那卡西賺錢，有點可惜。他說那邊他很熟，可以幫我介紹工作，但每次跟我約在士林，每次都爽約。我也不知道為什麼被他騙這麼多次，他約我，我還是會去，我就是被他吃得死死的，因為他什麼都會。

高二要升高三的那年暑假，奧弟仔約我們團到他彰化社頭山上的老家去集訓，小白、檳榔王加上一名學妹（keyboard手），還有我，我們把樂器搬一搬，就朝他家出發了。到達目的地時剛好是晚餐時間，奧弟仔說：「今晚先來慶祝一下，明天早上開始集訓！」他家是賣膏藥的康樂隊，家裡住了許多女舞者，他偷偷的跟我們說，這邊每個女的他都睡過，「幹！真ㄟ啊假ㄟ？」他回說：「騙你我下面乎爛！」我們對奧弟仔又增添了幾分的敬意！

當晚，奧弟仔煮了一鍋純的燒酒雞來歡迎我們，我們四個大男生吃著燒酒雞、喝著紅標米酒，十分開心的聊著明天早上要練的歌及未來的訓練計畫。喝著喝著，一晃眼就已三更半夜，大夥兒不勝酒力，卻也喝掉了六瓶米酒，就紛紛躺平。

半夜了，我陸續聽見有人起來吐，我也受不了米酒的後座力，吐了一大坨。隔天早上起床，我看見學妹在啜泣，整個人病懨懨的，就問她：「昨晚有人對妳怎麼了嗎？」她說：「沒有啦！你們四個吐得到處都是，我早起來整理，聞到那味道，自己也吐了昨晚吃的燒酒雞。」我回她：「哇靠！四個人喝五個人吐，也太猛了！」學妹擦著眼淚說：「我想回家了。」我安慰她說：「不要啦，我們今天就會開始練團。」

到了中午，大家才陸續清醒。奧弟仔請他媽媽煮了些清粥小菜，吃完，他又提議：「要不要先來打個麻將？解解酒。」大家也都覺得這個主意還不錯，於是麻將桌一攤開，大夥兒就玩了起來。檳榔王叫學妹去山下幫他買一百塊檳榔，說晚上我們就會開始練團。打著打著，由於賭金太大，輸很多的奧弟仔一直要上訴，他說他是主人，他有這個權利，所以我們就這樣一轉眼又打到天亮。

下午起床，奧弟仔帶我們去他家樓上的佛堂，正當我們在拜拜時，奧弟仔突然語出驚人的說：「祢這神明是我在拜的，怎麼昨天我還輸這麼多？」緊接著竟跳上神桌，拔了神明一根鬍子！

後來我們開著車，奧弟仔自己騎著摩托車，一起前往山上的古厝練團室。途中，一個急轉彎，奧弟仔犁田了！我們四個笑了出來，直說：「死好應該！對神明不敬！」但他好像還挺嚴重的，整個手都擦傷，應該是無法練團了。

我們為了留下學妹，三個人還是陪她練了一下，但是〈加州旅館〉（Hotel California）少了奧弟仔的吉他solo，就是少一味。檳榔王提議去買點啤酒來喝，會比較有Fu，於是大家又開始喝了起來，我聽見學妹一個人在外面講電話講了很久。

隔天中午，學妹的爸媽就開車來把她接走了，剩我們四個，奧弟仔又把麻將桌擺了出來……。我們的暑假就這麼過了，始終沒有練到團……。

21

永吉洗衣店

印象中，高中除了練團、卡拉ＯＫ，就是打麻將。由於有位來自宜蘭的同學，捲毛ㄟ，嗜賭如命，每天都在邀打麻將，硬是都等我們練完團押我們去他的宿舍打牌（胖老闆洗衣店樓上），盛情難卻。反正他每次都輸，而且家境還不錯，爸爸在羅東開木材行，連不會打牌的阿盛跟阿維也都常跟著去。他們負責煮晚餐，我也常常跟阿盛合為一家，我聽牌時他就會過來等自摸，捲毛ㄟ和我還有小白是基本咖，另一個則是長得黑黑的叫阿億（爸爸是知名製作人，〈豬哥亮的歌廳秀〉主題曲就他爸寫的）。

不過他似乎沒有遺傳到他爸的音樂細胞，彈吉他也是有一搭沒一搭的，但外形俊俏，很多學妹喜歡他，所以他沒錢打牌時都去跟學妹借，從沒有失敗過，有一次還幫我借，真夠朋友！

大家打麻將都不太會算台，規則都是小白在訂。樓下的胖老闆有時還會上來湊一腳，他有個妹妹，我知道他妹暗戀我（但我那時已經有喜歡的學妹了），所以就常常叫他妹妹去基隆夜市幫我們買消夜，後來聽說他們兄妹到土城開新的洗衣店，店名就叫「永吉洗衣店」（這是真的，我沒有唬爛）。

我們練團練得很勤，沒多久學長的團就被我們幹掉了，在學校發表的第一首創作曲就叫〈黑肉戀曲〉，旋律簡單好記，全校都會唱。我以為黑肉ㄟ會感動到跟我在一起，但是並沒有；她選擇了汽修科穿空八拉褲（喇叭褲）比我還台的台客，我不管，仍是一直寫歌給她，我相信有一天她會回到我身邊。我知道唯有站上舞台，我才有機會向她告白我有多喜歡她，希望她回心甲轉意，我每天努力練琴，一天至少彈兩個小時的貝斯，手都長繭起水泡，我告訴自己：「這是男子漢的痕跡！」

越彈越好，總希望有一把犀利的武器，我在美聲樂器[7]（現在叫金螞蟻）有看中一把Schecter的貝斯，但是蔡老闆說算我最便宜也要四萬塊，我回家騙媽媽說我的機車壞了，需要四萬塊買新車，媽媽只給我兩萬塊說買二手的就好了，於是換我每天找捲毛ㄟ打麻將，他還真好咖，從沒拒絕我，那時高中就打三百一百的，我就一把一把的自摸，贏了兩萬湊足四萬，去把那把貝斯買回家了。

7 美聲樂器：台北老字號樂器行。一九八三年於中華商場開業，以販賣電吉他、貝斯等西洋樂器為主，後來整合為金螞蟻樂器行。一九九二年中華商場拆除後，店址遷至金山南路，專門販售樂器及維修服務，是搖滾樂手重要的軍火庫和後勤支援中心。

阿吉在阿盛房裡，與當時花了四萬元買來的貝斯合影。

上圖：麻將人生基本咖，由左而右為黑松、阿盛、阿吉、阿維、捲毛與其他同學。下圖：吳永吉（右一）與高中同學合照，前排中間為同學的弟弟，阿億（中）的父親為〈豬哥亮歌廳秀〉的作詞作曲者。

22

隨身攜帶保險套

經過了黑肉事件的挫敗以後，我沉寂了一段時間，躲在家裡寫歌、狂練貝斯。我知道像我這種外表不夠帥的男生，只有才華可以吸引女生。

阿盛一直對我很內疚，但也一直質疑我把妹的招式跟程序到底對不對，靠！他說他從沒失敗過，怎麼會這樣呢？一定是我有問題！

開學了。阿盛說一年級有幾個新生長得還不錯，聽說有四姊妹，看起來都滿愛玩的。我約了大姊，她會帶她三個小妹留在基隆玩，

「妳們有沒有興趣？晚上一起去知名度卡拉ＯＫ！」

這幾個女生跟我們當年讀書的背景很像，都不是應屆畢業生，看得多、世面也比較廣，應該比較玩得開！歌能唱，酒能喝，舞也會跳，我們很快就打成一片了。

照慣例，最正的一定還是先被阿盛把走，我跟阿維還在猶豫，阿億則是已經被小妹鎖定。酒酣耳熱之際，大家慢慢拿出自己的主打歌，我跟三妹阿珠一起合唱〈雪中紅〉，喝著玫瑰紅，她牽著我的手說，學長你臉好紅……。我們聊星座，我們都是天秤座；我們聊音樂，我們都愛搖滾樂；我想我又戀愛了。

阿盛看出我的心意，拍胸脯保證說這次一定沒問題！我露出靦腆的笑容說，可是我沒有吉他可以摔了。「靠腰啦！這次安啦！這款的好處理！」

二姊跟三妹都住基隆，就騎著機車回家了，大姊跟小妹都要去住阿盛家，我們一票人就開往情人湖阿盛家中。怎麼突然發現阿億喝醉了，一直在搥地面，小妹很開心的去照顧他，我們都看出阿億的心機，順理成章的把他們送進小房間，阿億偷偷的跟我要了保險套。

唯一沒什麼喝的阿維在樓下幫我們煮消夜，他聽到阿億跟小妹關在小房間裡，很生氣的跑去敲門說：「阿億！你知道你在幹什麼嗎？你知道你這樣會對她幼小的心靈造成多大的傷害嗎？」（正義使者就是不一樣！但我們心想，明明是阿億被小妹騎了。）被潑了冷水的阿億悻悻然的走出房間說：「我喝多了，沒事（把保險套偷偷塞回我手裡）。」

阿吉與阿億（右）的烤秋刀魚之夜。

23

世人皆有歌星夢

世人皆有歌星夢，我們這群當然也不例外。

當時飛碟唱片的小虎隊正紅，於是滾石唱片也想組個少男團體，跑來我們學校徵選，我們幾個愛唱歌的死黨就跑去報名。

阿盛、阿維、阿億、曹仔、堂榮和我，我們在比賽的前幾天，常約著下課後去卡拉ＯＫ練歌，練膽量，練台風，還想說要不要順便排個小虎隊的舞。

考試當天，台下坐了五位評審，我穿著牛仔褲、白襯衫，戴著方形眼鏡，上台唱了張信哲的〈我們愛這個錯〉。演唱前我自我介紹：「我會彈吉他、彈貝斯，自己還寫了一、二十首的創作，希望評審會喜歡。」然後，深情的把這首歌唱完。下了台，阿億說我今天狀況不錯，自我介紹得很好，應該很有機會進到下一輪，我說：「可是我又不會後空翻，也不會跳舞，應該是你比較有機會。」

比了一整個下午，學校的帥哥們精銳盡出，會唱的、會跳的、會耍寶的、會主持的、會變魔術的統統都去參加，個個有機會，人人沒把握，但想到這次滾石小子要選五個，總比小虎隊的三個，機會還來得大一些！

結果終於揭曉了，阿億跟一個變魔術的學弟順利晉級到下一輪。我們幾個兄弟陪他練歌、跳舞，希望他可以順利成為滾石小子的一員，但是在第二輪過後，阿億也被刷了下來，剩下那位學弟。

然而我的歌手夢還是沒有放棄，一有機會，小白就會陪著我到民歌西餐廳去應徵。我的英文歌唱得很台，只會幾首披頭四的經典名曲，每個人聽了都會笑，所以一直都沒被錄取，但我還是不願放棄。終於有一天，有一間茶坊錄用我了！讓我有機會去試唱幾天，因為他們不需要會英文歌，只需會唱台語歌就好了。

最後，我還是沒有去試唱，小白問我為何不去，他們都會去捧場泡老人茶，但我志不在此，只是為了證明我可以。

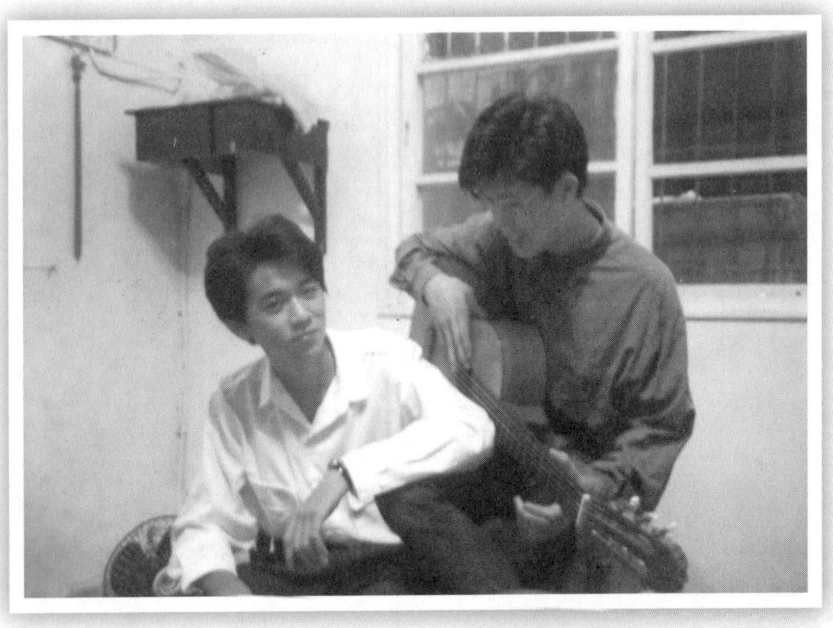

上圖：左邊那位是班上的古典吉他王子堂榮。
右圖：參加滾石小子徵選的阿吉。

24

原來主唱就在我身邊

高三時隔壁班轉來一位新同學，高高壯壯的，講話有點臭屁，好像來讀這所學校有點委屈他似的。某日下午，不知道什麼原因跟小白發生了口角，只見小白大聲一喊：「幹！我早就看汝無順眼啊！」一飛踢了過去，阿盛等各自山頭林立的同學見狀，也都衝過去圍毆那新同學，連平常比較乖的都過去補踹了那男生一腳。我衡量了一下小白，原來他那麼有實力，不簡單的人物。

我和小白跑去當時在信義路的敦煌樂器買了電吉他跟貝斯，台製的，阿通伯算我們很便宜四千元（還附送一捲A片，阿通伯叫我們不可以跟別人說），找了同班的檳榔王當鼓手（檳榔王也是一名傳奇人物，讀高中就把全基隆的檳榔攤賒透透），阿盛還是都跟在身旁，好像保鏢，那時後流行唱「Bon Jovi」[8]跟「歐洲合唱團」[9]的歌，於是找了很多英文好的學弟妹來試唱，不知道是我們長得太凶，還是有學長的威嚴，學弟妹來試唱總是怕怕的，有抖音。

某日晚上約在亞邁樂器練團，記得是練〈You give love a bad name〉原Key有點高，只見學弟唱得有點吃力，歸面青筍筍，阿盛看不下去：「幹！唱歌就唱歌是底驚啥小！我唱一次給你看！」很有架式，還有舞台動作，跟真的一樣！曲畢，我看著阿盛說：「你怎麼那麼會唱英文？我們都不知道！」阿盛驚訝的說：「是真的嗎！汝無甲我騙吧？」小白說：「就是你了，你就是我們的新主唱了。走！今天是吉仔的生日，我們一起去卡拉ＯＫ幫他慶生，順便試唱一下你的新歌路。」

---

8 邦喬飛（Bon Jovi）：來自美國紐澤西的硬搖滾樂隊，一九八三年由主唱瓊・邦喬飛組建，其他團員有吉他手瑞奇・山伯拉，鍵盤手大衛・布萊恩，鼓手提可・托斯，和貝斯手艾力克・約翰・薩奇（於一九九四年離開樂團）。作品曲曲經典，為許多搖滾樂人的啟蒙，具「搖滾樂的代名詞」之稱號。

9 歐洲合唱團（Europe）：一九七九年成立的瑞典硬式搖滾樂團，原始團名為「Force」由Joey Tempest（主唱＋鍵盤）、John Norum（吉他）、Peter Olsson（貝斯）、Tony Reno（鼓）所組成。一九九二年解散，二〇〇三年樂團重組復出。

25

懷念的半屏山

升上了高三後，學校的練團室就歸我們所管了，沒有學長，檳榔王的膽子越來越大，有時會買玫瑰紅進來特訓我們，有時還會帶麻將進來打（他是那種世面見很多，天不怕地不怕，家境很好，布行小開，講話有兄弟的眉角），反正把音樂開得很大聲，沒有人知道我們在幹嘛，全校都以為我們真的很認真在練團。

每年新生入學，我們就特別興奮，基本上想來讀影視科的女生，姿色都還不錯，個性也比較外放，裙子一個比一個短，粉紅上衣有點半透明，真是個好學校。

某天放學，我們聽到一陣女孩子的笑聲，青春的心也跟著飛揚了起來，把馬子這種事情是不需演練的。阿盛於是把練團室的門打開，故意吸引學妹們在門口看，我們演奏著當紅歐洲合唱團的歌〈Carrie〉，阿盛是人來瘋，也不管自己唱的標不標準，一副天生Rocker般的自信。

明明是練團，可是每個人都站起來彈，檳榔王輕蔑不屑的說：「幹！假鬼假怪，騙人底沒把過七仔！」突然間我看小白的眼睛為之一亮，我小聲的說：「安怎，汝甲意都一個？我去幫汝討電話！」「真的還假的？就鳥仔腳那一個啊！」於是我用百米的速度追了出去，氣喘喘的又跑回來，一臉狐疑的說（我拉拉髮線，比了手勢）：「啊甘是半屏山，頭髮很高的那個？」小白自信肯定的瞪著大眼睛說：「沒錯！就是她！」（我記得小白這個眼神出現時，是一年多前第一次看到電吉他的時候了。）

當然我還是把電話要到了，他們當晚就約了出去，我和新的鍵盤手阿方，跟他們約晚上九點在廟口旁的鼎邊趖避相等。

26

無力的青春

我又失戀了，阿珠最後還是離開了我，離開了學校，去尋找她的新生活，我懷念她燦爛的笑容，圓圓的小酒窩。

•

阿盛是個奇葩，永遠都在當男主角，每次都很喜歡找同學們去他家玩，等到大家吃吃喝喝很開心的時候，又會把場面弄得很僵。不是跟女友吵架，不然就是又跟誰鬧彆扭後，人就奪門而出，而且門一定甩得很大聲，深怕大家不知道他生氣一樣，整夜就不見了（又擱來啊！他來這招時，我跟死黨的口頭禪）。

還好他有很好的爸媽，對我們視如己出，兒子一夜不見，他們好像也已經習慣了，我們還是可以在他家過夜玩樂，反正明天他又會若無其事的出現。

我跟鍵盤手阿方的感情因為阿盛的撮合，加上可能是日久生情吧，就很自然的在一起了。只是女生有時候真的很機車，表演前會突然搞失蹤（每次這樣我都發誓這輩子再也不跟女生組團了）。

但我到現在還是常常這麼覺得，她是故意折磨我的，為了激發我的潛力，讓我寫更多歌，用心良苦！

會的歌跟寫的歌越來越多，樂器行開始幫我們在基隆的各大專院校接表演，團名就叫做「亞邁一九八九樂團」，經理跟我們說：「剛出道可能沒什麼錢，給你們機會代表樂器行出去表演，累積經驗。」大家都覺得很ＯＫ。

記得有一場是在基隆市立體育場跟李亞明的「藍天使合唱團」[10]同台，他幫我們暖場（因為他們必須趕場），唱壓軸的是「星星月亮太陽」[11]。那天表演完後，有一名自稱是製作人的男子跑來找我們（我知道他是風車民歌西餐廳的老闆，我們有去聽過優客李林[12]），直誇阿盛唱的日文歌真好聽（操你媽勒！我們明明是唱英文歌），說我的歌寫得還不錯，問我寫了多少歌了，我答約十幾首，他說想跟我們合作，一起弄一張唱片，唱酬一定比我們現在的五千還高，問問我們覺得怎麼樣，然後遞了名片，「請你們回去想想……」（靠背！原來我們之前唱的前十幾場都有錢喔！）當下很想回去把那位經理蓋布袋。

過了兩天，再跟製作人碰面時，他卻提出一些不合理的條件，歌要我們寫但是掛他的名字，一起製作也是掛他的名字，汝爸不爽啦！我們沒跟他簽約，也離開了樂器行，常常帶著啤酒一起去海邊，邊喝邊幹譙這無力的青春。

10 藍天使合唱團：成立於一九八三年，團員包括團長李亞明（身兼主唱與貝斯手）、李國超（鼓手）、李維揚（吉他手）、屠穎（鍵盤手）與劉偉仁（貝斯手）。李亞明與薛岳所屬的「幻眼合唱團」為推動台灣搖滾樂發展，頻頻在島內北中南巡演，為八〇年代的地下搖滾立下堅實的基礎。

11 星星月亮太陽：一九八八年飛碟唱片所策劃的新女聲團體，成員為「星星」胡曉菁、「月亮」馬萃如與「太陽」金玉嵐。發行過一張同名專輯《星星月亮太陽》，參與《七匹狼》電影原聲帶及《1989夏令營》合輯的演唱，因團員「星星」罹患重度憂鬱症，團體就此解散。

12 優客李林：由創作人李驥及主唱林志炫所組成。一九九一年出道時以〈認錯〉一曲成名，專輯銷售達一百萬張，一九九六年解散，二〇〇六年復出，舉辦成團以來唯一的「再見，優客李林」演唱會，獲歌迷熱烈回響。

阿珠（前）與阿方

27

YAMAHA熱門音樂大賽

當時我自己的團陷入低潮，阿億得知台北有一個年輕團缺貝斯手，樂手都還不錯，都是年輕一輩的一時之選。第一次約碰面，我從基隆坐車到景美，有兩個騎著重型機車的高中生來接我：「你好，我是董耀中（之後到過「傑克與魔荳」[13]、「流氓樂隊」[14]、「夾子」[15]）。」，「我是楊聲錚（待過「刺客」、「林曉培」、「猴子飛行員」[16]），我們去董耀中家裡吧！主唱等一下就來。」

董耀中的臥房本身就是個小型練團室，他播放著一些之後要練的歌，Ozzy Osbourne、Judas Priest、Mötley Crüe、Metallica、Megadeth、Iron Maiden，「哇！這些團都好酷喔！我回去抓看看，應該不是太難，但Iron Maiden的貝斯我可能要練一陣子。」

主唱走了進來，操南部台語口音：「我是阿亮。歹勢！我剛下班（全身髒兮兮的，還有機油味），我在哥哥的車行上班，摩托車有問題，我可以免費幫你們修理，練到哪了？」

就這樣，我每周都往台北跑，跟他們練團，除了在董耀中家練之外，也常跑去金山南路的美聲樂器（現為金螞蟻樂器）。董耀中說：「這樣好了，我們也練得差不多了，最近有一個比賽，我已經報名好了，團名就叫Vikings（維京人），所以比賽造型要有頭巾跟骷髏頭，歌也選好了，就練Ozzy Osbourne的〈Secret Loser〉，這歌比較短，中間我會設計一段讓大家輪流Solo，一人八小節，然後主唱再從副歌唱進來，高潮結束！」

•

阿方常常跟我跑台北，所以她也順便跟別人組了一個團，缺主唱她就拉了阿盛進去，原來他們團也想去報那個比賽，所以同一個時段，他們在阿通伯樂器練，我在美聲練，然後再一起回基隆。

YAMAHA第一屆熱門音樂大賽，北區預賽開始，我們第一次表演，難免有點緊張，但是董耀中的雙踏、楊聲錚的速彈、我莫名其妙的Funky Solo（明明是重金屬）、阿亮高亢的嗓音（明明是英文歌，他唱得像台語歌），表演完畢，觀眾沒什麼反應，評審沒什麼表情。

我留下看阿方跟阿盛的團，抒情搖滾的自創曲，吉他手喝醉了倒在地上彈Solo，很有效果，結果他們進到了決賽，我們被淘汰，技巧派被創作派打敗，我慢慢知道，原來創作才是王道。

決賽時，阿盛他們的團雖然沒有拿到名次，但我看到了張雨生的團「Metal Kids」[17]勇奪冠軍，真不是蓋的！嗓音真好，樂手也都很厲害，我心服口服（當年最佳吉他手李冠樞，同年底加入張雨生的團Metal Kids代表台灣參加亞洲地區比賽，再度奪得最佳吉他手）。最後演出的示範樂團的是趙傳的紅十字樂團[18]（聽說是第0屆的冠軍），路還很長，我還差別人很多。

●

這是我玩團生涯的第一個比賽，也是最後一個比賽（金音獎不算的話），之後都當評審比較多，雖然陸續都有得到一些獎項的肯定，但我永遠都記得玩團的那分初衷。

13 傑克與魔荳：九〇年代著名樂團。主唱張志疆與吉他手陳秦喜（荳荳）於一九九三年車禍過世，一九九五年友善的狗邀集當初活躍在Wooden Top與荳荳相關的四個樂團「Nice Vice」、「傑克與魔荳」、「So What」、「刺客」共同參與製作。發行《台灣地下音樂檔案三：呼吸》記錄了荳荳留下的若干歌曲。

14 流氓樂隊：一九九八年由主唱流氓阿德、「Nice Vice」的貝斯手Monster、「傑克與魔荳」的鼓手傑克、「美度莎」的吉他手小高、「Silent Jealousy」的鍵盤手張健峰所組成。團員幾經變革，發行有《看看這個世界》專輯。

15 夾子樂隊：成立於一九九五年，原名為夾子電動大樂隊，二〇〇三年更名為夾子樂團。曲風融合早期台灣的「那卡西」與「電子花車」元素。成員為主唱小應（鍵盤手兼小喇叭）、鼓手鍾阿倫、吉他手守偉，及貝斯手櫻木。最知名歌曲為〈轉吧！七彩霓虹燈〉。

16 猴子飛行員：二〇〇六年由吉他手楊聲錚、陳自強，貝斯手余光燿，鼓手王昱人和主唱王湯尼組成。曾獲二〇一〇年金音創作獎最佳搖滾專輯獎（《My Guitar》）、二〇一三年金曲獎流行音樂最佳樂團獎。

17 Metal Kids：一九九八年，樂團參加「第一屆YAMAHA全國熱門音樂大賽」拿下總冠軍，張雨生獲最佳主唱，後來因張雨生與飛碟簽約單飛，樂團就此解散。

「Vikings樂團」團員（由左而右）：鼓手董耀中、貝斯手阿吉、主唱阿亮、吉他手楊聲錚。

阿方（右一）與阿盛（左一）所組的團。

28

當古典碰到搖滾

每次季末補考，總是會碰到阿盛跟檳榔王。大家也不用相約，反正就固定這些人會來報到，學校也很體恤我們這種學生，因為年紀都到了，一退學就會馬上被調去當兵。我老媽其實也都不知我在幹嘛，只知我每天都睡得很晚才去學校，有時還會問我這樣讀到底考第幾名，我都回說男生第一名啦！她酒後都會跟朋友炫耀，我兒子考第一名（其實我們班只有我跟檳榔王兩位男生，我是倒數第二名，他是最後一名……）。

班上音樂組的同學都是學古典樂出身的，只有我跟檳榔王在組樂團。老師也都是古典出生的，有點看不起我們，我也早已習慣，反正能畢業就好。雖然我的學科分數很糟，但我的術科分數卻很高。記得有一次很重要的樂理考試，全班都不太會，我卻覺得很簡單，看到隔壁座的乖同學，心很焦急快要哭了，我很大方把考卷分給他看，考畢發完考卷，我們寫的幾乎一模一樣，音樂組張主任白了我一眼還酸說：「是男子漢的話就要自己寫，不然來這裡浪費時間，還不如早點當兵去。」我也不想多做解釋，反正以後你就知道。

●

說到當兵這件事，小白真的是很狗屎運，通常體育課男生打棒球，他都是我的捕手，有一天我蹺課，他便成了投手，才第三人次他投出去，阿財來了一個天空破，球直接飛往小白的右手食指，卡擦——不能扣扳機了！不用當兵了！他明明身高一八〇以上還丙等的，老天就是那麼不公平！

三年級下學期，我們陸續接到體檢跟抽籤，抽籤的前一天我還打麻將到天亮，阿盛直接載我去瑞芳區公所，報到我的名字時，我突然看到我爸出現（因為他前一晚找不到我，特別請假半天來幫我抽），一抽起來——空軍（全場開心大叫，最後一支三年的被我抽中了），我爸還一直怪我說他抽就好了，他已經有去天公廟拜拜了。

•

畢業後就要去當兵了，團也半停擺，我連歌也不寫了，每天就是跟阿方膩在一起，因為我知道當兵後什麼都會變了。

時間一天一天的倒數，學校只剩下畢業公演，我們團負責音樂組的壓軸，就在基隆市立文化中心，「讓我們一起歡迎一九八九樂團！」前兩首唱英文歌，同學還不是那麼熱烈，第三首帶來我們的自創曲〈黑肉戀曲〉，一唱到副歌：「我會等你的愛／等你的愛／等你的愛／等你的愛……」全校都在跟著阿盛唱，結束後還一直喊安可，我們把這場演出當成是當兵前的最後一役，當然有準備安可，第一個音再下了時，突然看到音樂組張主任跑了上來，叫我們停止，「你們成何體統？這是什麼音樂？」就這樣把我們趕下台。

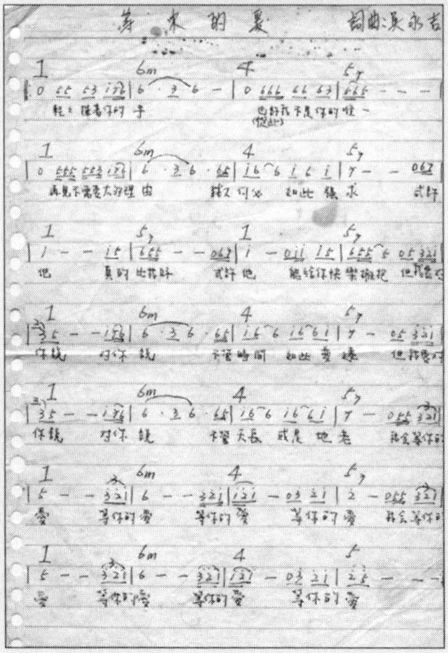

上圖： 培德高職畢業公演時，一九八九樂團負責音樂組的壓軸，阿吉擔任貝斯手。左圖：〈黑肉戀曲〉的手寫樂譜，原曲目為〈等你的愛〉。

29

環島七匹狼

我和學妹阿方天天都膩在一起，我教她玩團，她教我彈鋼琴，一起騎車上學，一起騎車去練團。小白和他的半屏山女友感情也很好，於是我們四人常常相約在基隆廟口，今天吃這攤，明天換那攤，吃遍全廟口。

阿盛的感情問題還是一樣精采，天天都在演電影，有時是武打動作片，有時是文藝愛情片，最常看到的是社會寫實片，每次看他的右手包紮著傷口，我們就知道，他的機車儀表板又被他打爛了！修好也從沒超過一星期就壞了，他的女朋友很辛苦，但是包紮的技術也越來越純熟了。

檳榔王整天在算計著如何繼承他們家的家業，但聽說他爸告訴他要把布行傳給哥哥，未來要留給他的遺產，在他高中這三年間就已被他花光了，要他以後自立自強。檳榔王心情鬱卒，每天都在找酒伴買醉，一直說這個世界不公平。

●

就快當兵了，我們七個好朋友相約一起去環島，租了一台廂型車，從基隆出發，當天直接殺到阿里山去看日出，穿著短袖的我們才知道原來阿里山早晨那麼冷！我們七個人抱在一起走路，互相取暖，就為了看日出，實在是冷到靠北！接下來，我們去了嘉義水上阿億爸

阿盛的摩托車很帥派，但儀表板總是壞的。

爸家（中途還發生車禍），再開去台南東山看小高的阿嬤，順便去東山鴨頭的本店排隊吃鴨頭……我們一起逛了六合夜市、去了墾丁，再到台東、花蓮太魯閣、宜蘭、福隆阿維家、瑞芳火車站吃牛肉麵，最後回到了基隆。花了一週的時間，我們完成了環島的夢想！聽著七匹狼〈永遠不回頭〉，我們再也回不了頭了！未來會怎樣，只有天知道。

輯四

30

兵變情不變

畢業後，團員們陸續接到兵單，八月中阿盛先到金六結受訓，隔周我就載著他的女友去宜蘭看他，男主角照慣例還是耍了脾氣，只是這次他沒地方跑了。接著九月初我也要到台南新中受訓，前一晚我們還是跟死黨約在老地方，知名度卡拉ＯＫ，接著再到海邊續攤，一直喝到天亮，怎麼都不會醉（因為我知道喝醉了阿方就會回家，或許就再也看不見她了）。

大夥直接陪我去瑞芳火車站，依舊嬉嬉鬧鬧，火車鳴笛的那一刻，我看到阿方哭了，但我沒有感覺。因為我不知道我的未來要開往哪個方向。

阿方每週日都一大早從基隆一個人搭車跑來台南看我，我叫她跟我爸媽一起來比較方便，她說她希望早一點到，可以多陪陪我，我很感動，叫我爸媽不用來了。（不肖子！）很快的，二個月受訓結束了，抽籤分發部隊，我抽到了台東，阿盛到了外島，小白在傳播公司工作，我們還是常保持書信聯絡！

到了部隊，各單位開始以專長挑兵，我的專長欄寫彈吉他，自然沒有人要。後來就被派到最輕鬆的大隊部（原來沒有專長也是一種專長）。下單位當晚學長迎新，把全部的新兵集合在一間寢室，學長喝杯子，新兵喝碗公，逐一敬酒，每個新兵都被灌到吐得很慘，唯獨剩下我屹立不搖，因此一戰成名。同為天A北縣的學長罩著我，叫我以後如果有人找我麻煩就報他的名字。

慢慢的，打電話找不到阿方了……但新兵要三個月才能放假，得知當時的主任老龜在做直銷賣雙鶴靈芝，我要小聰明跟他說我爸肺不好，吃靈芝搞不好有效，於是跟他買了一萬多元的產品，還入會做他下線，他說我很孝順，隔天就很有默契的讓我請假回家了。

回到瑞芳我依然找不到阿方，我請我哥騎車載我到她家樓下，我大聲喊著她的名字，也不管她家人跟鄰居，她受不了終於出現了，叫我等她十分鐘，她會好好跟我講清楚。我等了快一小時，下著大雨，我已經哭抉出聲了（分不清是雨水還是淚水），一個人從八斗子山上走路到瑞濱海邊，喝著蔘茸酒，我覺得我的人生沒有希望了。

31

在軍中偷看黨外雜誌

隔天我感冒了，老媽見我不吃不喝，於是想出了一個好方法，找了三家牌搭子來家裡陪我打牌。阿母說唯有靠麻將才能讓我忘卻兵變的苦處，唯有靠贏錢，才能讓我重振男人的雄風！

回部隊後，其實老龜主任對我挺不賴的，只叫我管副油箱跟一台好馬七四七，常常叫我載器材跟什麼油的回他家，是要轉賣還是要偷組飛機，我也不想知道。只要隔天能讓我請假回家找小白就好了，那段時間假多到小白看到我就頭痛，叫我不要常回來了，他都要陪我玩到天亮再去上班，快爆肝了。

寢室裡有個大專兵，很喜歡看書，有天他在看黨外雜誌，我很好奇的借來看，挖塞！怎麼跟學校教的都不一樣，於是我偷偷的深入去了解、探討、研究，問他一些民主運動的由來，然後比對現在的軍中文化、陋習、腐敗，開始關心政治，驚覺我們的國教實在太厲害了，把人民的思想控制得真好。

在軍中時間多，我跟幾個士官長組了一個康樂隊，每逢中秋或節日有辦活動我們就必須上台伴奏，平常有大官進駐留守，我還會被叫去寢室彈吉他，他們想唱什麼歌，我就伴奏。軍官都還滿會喝的，我常常都跟他們喝到早點名爬不起來，後來索性就不去早點了。只要值星官喊到我名字「吳永吉」，自然有學弟會幫我報「醉號」，肯定沒事！

● 阿盛的個性比較衝，當兵不適合他，生病住過院，關過禁閉，不是很順遂。檳榔王就屌了，花了一大筆錢在軍中買了職缺，當兵很揮霍，有天他爸再次受不了，跟他說：「要給你們的部分（家產），你的已經花完了，不要再跟家裡要了！」那年他才二十一。

● 放假時我就開始整理以前的作品，用卡帶錄起來正反面將近二十餘首。我字很醜，請吉妹幫我寫抄譜寫詞，寄給我當時很喜歡的製作人李壽全[19]老師，跟他說我快退伍了，希望可以當他的助理，不用錢沒關係，我很能吃苦。（事隔多年相遇，他說他沒收到，知道我也是瑞芳人的話一定會用我，後來我想想應該是我錄得太爛，到助理那一關就被打槍了。）

19 李壽全：一九五五年生，台灣瑞芳人。大學時期開始在pub當DJ，退伍後即擔任新格唱片的音樂製作人。一九八〇年製作李建復《龍的傳人》專輯，創下台灣民歌時期的顛峰，同年與蔡琴、李建復、蘇來、許乃勝、靳鐵章組成「天水樂集」（一九八二年解散）。之後陸續為多位知名藝人打造成名代表作（潘越雲〈天天天藍〉、王傑〈一場遊戲一場夢〉、費玉清〈晚安曲〉等……），作曲〈一樣的月光〉更讓蘇芮竄紅華人歌壇。創作、製作之外，亦曾灌錄《八又二分之一》個人概念專輯（收錄成名曲〈張三的歌〉），同時多次入圍金馬獎最佳電影配樂，是一位縱橫搖滾、民歌、配樂的超級製作人。

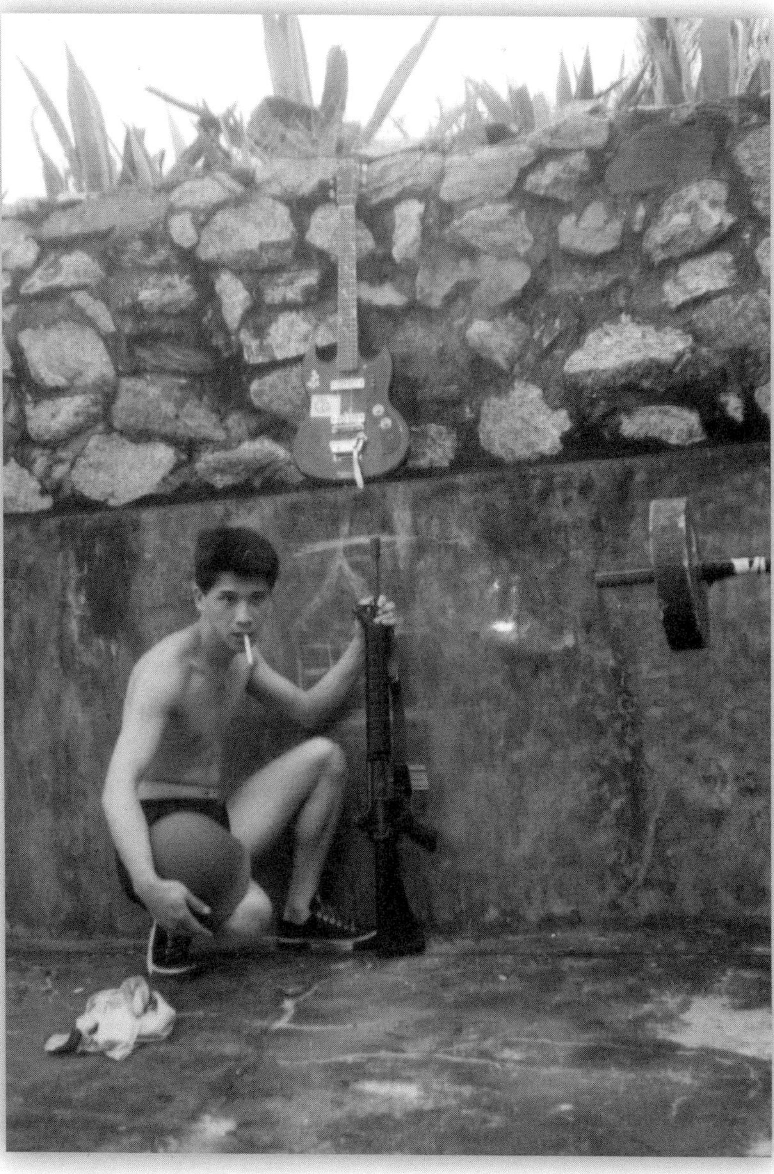

在金門當兵的阿盛。

阿盛與同梯兄弟去唱卡拉OK。

32

軍中原來是這樣

新兵下部隊的日子每天都要戰戰兢兢，罩子要放亮一點，耳朵要靈敏一些。常常半夜晚點名後，就會聽說有學長喊：「當兩年兵的頂樓集合！」（我是抽到三年當兩年的第二梯次，對於我們這種運氣比較好的，他們心裡很不平衡。）如果遲到、卡不到學長規定的位置站（很像大風吹），就會被學長體罰，做伏地挺身、青蛙跳，有時候對答太白目，還會被學長打。

像我這種出過社會又反應靈敏的，當然在軍中是很好混日子的，普遍都是大專兵比較白目（因為他們書讀的多，年紀也比一般兵的學長大，所以不服管教的案例比較多），只是看到有些不公不義的事情，也只能睜一隻眼閉一隻眼，否則倒大楣的是自己。

記得有一次大我沒幾梯的學長不假外出（其實也沒什麼大不了），被士官長找碴，把他叫到跟前，也沒有打他罵他：「你知道犯了什麼錯了吧？」手裡拿著一本厚重的電話簿叫他翻開（加總，數字尾數多少就打幾下），他翻到一二四頁，士官長就叫他把電話簿闔上放在胸口，拿起鐵鎚，往他身上重重的搥了七下，他吭了幾下也不敢說什麼。

軍中的軍官跟我小時看軍教電影裡的完全不一樣，《梅花》裡的柯俊雄不是正氣凜然嗎？為何我看到的盡是一些無賴，騙吃騙喝、靠關係升官（雖然我跟他們都很好），上一代爸爸是軍職就把他們送進軍中，利用一切關係互利，我慢慢對這國家的戰力開始存疑。

立委選舉快到了，軍中有選擇性的看要放誰的假。我當時住台北縣，屬一級戰區，長官說可以放假回家，在申請假單時，老龜主任早就對我的選區瞭若指掌，蓋官印的當下，拿起一大張的選舉公報，指了一個我不認識的老人「周書府」，我點了點頭，我知道他的意思了。幹！我怎麼可能投他！但他還真上了，執政黨真厲害。（我記得當時是投給成立新黨的趙少康，趙少康第一高票當選！）

YUASA
91 10 6

阿吉與何官（前排右）及兩位士官朋友一起出遊。

33

難忘的7PK

空軍已經算是學長學弟制比較輕的軍種，況且我們那個單位根本不太像當兵，我每天早上十點等《民生報》、看中華職棒戰況（當時兄弟象投手陳義信的防禦率、李居明的打擊率、林易增盜壘幾次，我都背得出來），午餐吃餐館，下午三點開始電話邀人打壘球，晚上去台東市區打電動。

後來整個單位都迷上了一種賭博性電玩——7PK（軍紀規定是不能打電玩的何況是賭博性的），我當然也不例外。我沉迷在如何算牌，一帶什麼牌二帶什麼牌的，隨身攜帶筆記（跟球探一樣把一些會發生的都記錄下來），甚至還在床頭貼一張自創的武林祕笈。我做什麼像什麼（高中時研究樂理也沒那麼認真），我覺得這是長期看職棒學到的。

我是常勝軍。聽到學長說，正統的7PK源自桃園，台子比較軟，不會亂帶牌，「像你那麼厲害，去桃園玩應該會賺不少錢！」我馬上跟老龜主任請假，直接飛奔來到桃園中壢，選了一家看起來滿大器，裝潢還不賴的店家坐了下來，打電話給小白，他說他下班後來找我，真是好朋友，都把女人放在朋友後面。

一聽到台子很軟，我怎能放棄這短短的假期？我一口氣開了三台同時打，而且賭金還是雙倍的！像我這種記牌如流水的人，三台算是小case，如果我有更多隻手，我應該會開更多台連打！

小白來找我時，我陷入僵局，於是也開了一台請他幫我玩，玩累了他就趴在台子上睡覺。我還是不甘心，越輸越多。

天亮了，小白去上班，我還是再接再厲不放棄，餓了我就吃泡麵，累了我就吃檳榔，想睡覺他們有提供咖啡跟康貝特，我只差沒有吸安非他命而已。

我把帶來的兩三萬快輸光了，就打電話給小白，請他帶錢來借我，要多少？兩萬應該夠！他說他身上沒那麼多錢，我叫他去跟他老闆傅哥借。

小白下了班把錢拿給我，叫我休息一下，解個運，接著帶我去吃中壢有名的牛肉麵。吃完後我們看到很多家的牛肉場霓虹閃爍，門口絡繹不絕。我說：「小白我們進去看一下好了，反正都輸那麼多了，不差這幾百塊。我請你。」他不要，堅持自己付費，請東請西，無請這款。

進去後我頭低低的，這裡應該沒憲兵吧？我們躲在後頭，空氣中有些怪怪的味道，我也說不上來，有點潮濕、有點黏稠，是老人跟廉價香水混雜的味道吧？不是很好聞，我想趕快看看奶子、離開這個地方。

第一個女人出場，演唱〈情人的黃襯衫〉（她那台式的唱腔讓我想起遠方的阿珠），一堆老人馬上衝向舞台吆喝搶位（這個情節我只有在「槍與玫瑰」的演唱會看過），女人露出香肩，慢慢的把她的黃襯衫脫掉，蕾絲邊的透明薄紗，兩顆球若隱若現，我也開始興奮了起來。唱到〈愛在旋轉〉時更是節目高潮，轉著轉著就把薄紗轉掉了！轉著轉著，裙子也掉了！轉著轉著，她請一個最老的阿公上台幫她把內褲轉掉了！老人們快要暴動了！

第三首，燈開始變暗，瑪丹娜的〈Like a virgin〉，閃燈一直閃，舞者全裸、宛如處女的走下台，老人們魚貫的撲向前方，深怕摸到二手的會吃虧一樣。她慢慢的朝我們走來，我心臟噗通噗通的加快，小白說：「摸摸奶可以轉運喔！」真的嗎？啊——煞小伊啦！我左三圈右三圈，只差沒把臉塞在她乳間（少年ㄟ，汝是好啊阿賣——）。我突然間清醒，小白急速的帶我離開，一路上告誡我一定不能洗手！

回到電動間後，其實我還在想那對奶，真是美而挺！（自從兵變以後就再也沒有了）我故作鎮定，不疾不徐的開了牌。慢慢的，慢慢的，應該開的牌都開出來了，我把輸的贏回來，反敗為勝。小白叫我性子不要浮，慢慢來，該是你的就是你的，我心想事成，要什麼有什麼牌，算一算我贏了快三萬，天也快亮了，小白還要回台北公司上班，我把兩萬還他，給他一千吃紅，他開著車，但是我好累，我閉著眼睛，想像著那對美好，嘴角微揚的睡著了。

身著空軍服在台東當兵的阿吉。

34

台東寒單爺

當兵前我是一個聽到國歌一定會立正站好的人，看電影前播放國歌時，也一定會要隨行的人跟我這麼做，是一個愛國心很強的年輕人，後來當了空軍，怎麼大家都吊兒郎當的？太認真反而會被笑。

老龜主任雖然愛貪小便宜，但對阿兵哥其實不錯，常常找來台東馬偕醫院實習的護士辦聯誼，排解我們在軍中都是男生的無聊，所以台東的各大景點我們都去過，水往上流、初鹿牧場、啞口登山、太麻里……，不勝枚舉。

軍中有個特異獨行的士官長叫邱B，他愛唱西洋老歌、玩遙控飛機、發明一些有的沒的，我也搞不懂。他知道我會玩一些樂器後，時常來找我喝酒聊音樂，教我如何唱和聲、吹口琴、唱西洋老歌、跟我說他的美國夢（現住達拉斯，職業就是發明東西申請專利）；我也會跟他說我的搖滾大夢，他笑我別傻了，台灣又不是美國。

我們常常你一箱，我一箱，啤酒這樣對喝，有時會到山上，有時到海邊，各付各的。但他其實每次都想請我，他很好奇為什麼我薪水那麼低還有錢買酒（他不知道我有別的專長謀生）。

他只要一放假，就會把他寢室的鑰匙留給我，有他罩著，我當兵更加輕鬆。我躲在他房間裡彈吉他、寫歌、練貝斯，應有盡有，還有《*Playboy*》美國雜誌，根本是個軍中套房！

元宵時，台東有個大慶典叫炸寒單爺，我很喜歡看這一類的台灣名俗，東寒單與北天燈、南蜂炮齊名，由四位抬轎的，一名身穿紅褲、頭綁紅巾開臉的真人，肉身站上軟轎上出巡，沿街信眾與店家會點燃鞭炮，朝向寒單爺身上「轟炸」，聽說炸得越旺，當年的財氣運勢也就越旺。有一次為了看寒單，回到部隊已經晚點名結束，還好有邱B幫我罩著，連值星官都敬他三分。

大家陸續退伍，邱B知道我沒工作，找我去幫忙開競選車，一小時一百，不無小補，反正我什麼車都能開，當時台北市北區立委競選激烈，藍綠大車拚，這個女立委要競選連任，屬軍教系統，他們覺得我退伍不久比較單純，所以派我開車載著她哥哥去軍眷家裡送禮，送什麼禮我也不想知道，反正只是混口飯吃。

後來邱B有天不小心看到禮盒裡面裝著滿滿的紙鈔，他不敢置信，覺得政治實在太骯髒了，雖然這位女立委還是低空飛過連任成功，但他已經看不下去台灣的環境，飛去美國，尋找他的美國夢了。

輯五

35

重金屬的歲月

退伍的前幾個月，我被派到台北三總當看護，照顧當時在單位很罩我的何官。

但那時的龍象大戰實在太好看了，我常常都偷跑去台北市立棒球場，跟小白約在本壘後方，因為戰況太刺激，有時兩人還會為了球隊輸贏吵架。一定都喊到燒聲：「便當便當，揮棒落空！」完全忘了生病中的何官。何官的家人來醫院好幾次，都找不到看護，向上級回報，於是我就被調到花蓮了。

退伍後，我跟阿雄組了一個重金屬樂團，叫做「直覺」[20]。常常在羅斯福路「骨肉皮」阿峰開的SCUM[21]做演出，阿盛都會帶小弟來捧場，小白也常帶公司的攝影機來拍，雖然沒有在一起玩團了，可是每天還是混在一起，認識了當時樂團界的一哥「刺客」（吉他手楊聲錚也是我高中另一個金屬團的團員）。只是當時總覺得他們是外省掛的，我們是本省掛的，不同掛話不多。

在玩金屬的那段日子，常常打架，我也不知為什麼要打，反正就有人開幹大夥就會很團結的衝過去，常常打完會問彼此剛剛是發生什麼事；結論是好像玩什麼音樂個性就會變什麼樣。

阿盛是隻「燒打雞仔」。有一次在一家店夾子辣辣被欺負，我才開始要喊：「幹－汝－……」還沒喊完他就把人打倒在地。（幸好，後來的「息壞事件」，刺客跟陳昇、伍佰的幹架風波，阿盛不在現場。）

後來頭髮越來越長，我走路更加有風了。有一次在新店租屋處，停好車，走在路上看到三個工人在喝酒，我不小心瞄了一眼（我只想知道他們喝什麼酒而已嘛），他們就說：「青三小？」我回說：「啊今嘛是啥咪情形？」我目測一下對方身材，一對三我應該打得過，他們起身拿起酒瓶，我就從身旁撿起一支木棍，混亂對峙中，突然看到一個身材矮小的男子衝進屋裡，同時還有一個歐巴桑的聲音傳來：「有啥咪代誌用講的啦！」突然「鏗！」一聲，開山刀！我馬上把皮靴脫掉（想到國小田徑隊時都是打赤腳才跑得快），用盡所有的氣力往前衝，跑進景美夜市，我想人比較多比較安全，身無分毛，面容失色，頭髮散亂，跟路人借零錢，每個都被我嚇到以為我是壞人，還喊救命。我借零錢只是要打電話給阿盛「ㄌㄠˋ」兄弟來救我（最後，我跑到一家診所，護士幫我把鐵門拉下來，借我電話討救兵）。

20 直覺：一九九一年，由團長兼吉他手阿雄帶領貝斯手阿吉（現任董事長樂團團員）、鼓手徐維弘、主唱阿亮正式成軍，以強悍風格的重金屬曲風，深受當時知名地下音樂pub喜愛。一九九四年自創歌曲〈摩托車〉與〈秋決〉收錄於《台灣地下音樂檔案壹》，一九九七年，單曲〈死貓死狗〉收錄於《赤聲搖滾：SCUM》合輯中。二〇一三年演唱會之陣容為主唱阿翰、吉他阿雄、貝斯手Clant及鼓手Sam。

21 SCUM：一九九四年，骨肉皮在羅斯福路上開了第一代的「SCUM」，以「唱自己的歌」為前提，提供樂團另一個搖滾舞台。應接不暇的臨檢與巨額罰鍰，讓兩度搬家的「SCUM」於一九九七年結束營業。但骨肉皮仍繼續努力促成，讓創作樂團在「女巫店」、「B-Side」、「地下社會」等舞台持續發光。

於「直覺樂團」擔任貝斯手的飄髮哥阿吉。

36

搖滾十二法則

早期玩團的，大部分只有一種樂風，那就是重金屬（刺客、Nice Vice、傑客與魔荳、四分衛[22]、紅色指甲油[23]……都是），感覺頭髮留得越長功力就越強，玩的團就越厲害。我當然也不例外，退伍後的第一個志願就是把頭髮留長。

在「直覺」時代，團長兼吉他手的吳志雄訂下了搖滾十二法則，雖然是個不成文的規定，但當時在Rocker界也蔚為流傳——

1 Rocker不能綁頭髮（這樣有點娘娘腔）
2 Rocker不騎腳踏車（那樣不是男子漢）
3 Rocker不帶雨傘（穿梭在雨中才夠飄ノ）
4 Rocker不穿雨衣（寧願淋成落湯雞）
5 Rocker看電影絕不排隊（反體制，豈能乖乖就緒？）
6 Rocker不戴安全帽（拿下來時會很矬）
7 Rocker喝酒要乾杯（不然就別喝）
8 Rocker不能跟馬子牽手（被朋友遇見會很丟臉）
9 Rocker一定要有皮夾克（這是Rocker的基本配備）
10 Rocker不能穿高領毛衣（又不是服裝造型師）
11 Rocker不騎速克達，一定要騎打檔車（才夠酷、夠帥）
12 Rocker不能坐公車（寧願花錢坐計程車）

雖然現在看來有點好笑，但那時的民俗風情，確實有他的道理。事隔二十多年了，「直覺」還在堅持，吳志雄也的確辦到了他的搖滾十二法則。

22 四分衛（Quarter back）：成立於一九九三年，前身為「六角形」（Hexagon），一九九四年開始於SCUM演出。曾三度入圍金曲獎最佳樂團，現任團員中，吉他手兼團長虎神與主唱阿山（陳如山）為創始團員，鼓手緯緯與貝斯手奧迪於二〇〇四年加入。

23 紅色指甲油：一九九三年由主唱兼貝斯手的團長駿仔與吉他手阿澤組成。後加入鍵盤手奶茶與打擊手伯曄。曾獲全國熱門音樂大賽冠軍與最佳吉他手。

37

永億麻將館

後來，我在艋舺西園路找到一家代客錄音的工作，老闆以前有在歌林發過一兩張唱片，但沒有很紅，因為公司經營不易，他晚上還在Piano Bar彈琴賺小費，也常常看到黑道或錢莊的來公司討錢。有一次發不出薪水來，他就找我們幾個錄音師比十三支，殊不知我這海邊長大的小孩，每天都耳濡目染（外號叫十三吉），打槍一千，他又內外飄，遇到就三千，打了三天兩夜不讓我們睡，第三天老闆終於認輸了，隔天開了一張三十萬三個月的支票給我，我就再也沒去上班了，我算了算至少可以不愁吃穿一年，繼續我的玩團人生。

身上有錢我就不想工作，我和高中同學阿億、阿維在景美合租了一個房子，他們都有固定的工作，於是我把租屋處的客廳弄了一張麻將桌，四處找朋友來家裡打麻將。阿億和小白是基本咖，「骨肉皮」阿峰、孟庭葦的弟弟Mine、做礦泉水的沙固桑、做ＰＡ的老闆、做傳播的小輩，和攝影師小潘，家裡每天都客滿。

我們的抽頭方式跟別人不一樣，自摸東一百，摸幾把東幾百。有時一天麻將館的生意可抽到三四千，我們還請小弟當服務生（當時「直覺」的主唱阿亮）。

焚膏繼晷、夜以繼日，阿億每天都不用睡，我們玩到天亮，他直接去傳播公司上班。他是靠意志力在生活的人，有時假日還二十四小時經營，身體都快搞壞了，只因為年輕，還撐得住。

有天阿億剛拍完片回到家，帶著一隻可愛的粉紅豬回來，他說這是迷你豬，長不大、沒人要，丟掉可惜。反正我們有陽台，每天吃的剩菜就夠養牠了，大家也都沒什麼意見。

麻將一天一天打，粉紅豬什麼都吃，便當、pizza、月餅牠都不挑，只是覺得牠怎麼越來越大隻。不管啦！迷你豬也應該大不到哪裡！

陽台開始冒出陣陣惡臭，根本就像豬圈，「幹！阿億，這是哪一國的迷你豬啦？都比我們還大隻了！」「靠腰！我哪會知，製片買時說是迷你豬啊！」腫啊！再這樣下去我們會被房東趕走啦！

阿億租了一台發財車，買了一個橘色的大垃圾桶，十二點房東睡覺後行動，萬無一失。迷你豬長大後脾氣變得不大好，很難相處，我們花了九牛二虎之力才把牠趕進垃圾桶裡，但是迷你豬實在太重了，還好我們只住二樓，搬到一半時垃圾桶破洞了，牠也好像摔斷了腿，吱吱叫得很大聲！我們用兩支木板合成溜滑梯，讓牠可以滑下來，房東也跑了下來，嚇了一跳，這是啥咪碗糕！我們三人聯手把迷你豬抬上發財車，驅車前往新店的山區。

一到豬舍，老闆看到白豬說不收，他們只收黑豬，不然會變混血兒。阿億又出包了！我們掉頭就走，過半小時，又慢慢開回來，趁老闆不注意，把迷你豬抱下來丟著，然後揚長而去。

終於鬆了一口氣，阿億把陽台清洗乾淨，房東限我們月底搬走，還把我們的押金沒收，永億麻將館也暫時歇業了！

38

搖滾搬運工

回到了瑞芳，阿盛約我跟小白、阿億去基隆中正公園丟棒球、打籃球，他故作神祕的說，他要離開一下。

沒多久，他回來，後座載一個馬子，穿著低胸、煞是雄偉。那不是學妹阿珠嗎？我很靦腆的跟她打了招呼，繼續投我的籃球。

二對二鬥牛，我跟阿億一組，遠投近切無不得心應手，平常過人阿盛從不輕易放我上籃的，怎麼今天都放我過？小白也不再蓋我火鍋，整個籃球場都是我的場面，阿珠覺得我好帥！

我們重聚後很珍惜這段感情，一起在木柵租屋，我跟她工作一直都沒下文，光樂團演出也沒什麼收入，再這樣下去會坐吃山空，我是男人，我必須養她！

我決定出賣自己的勞力，英雄不怕出身低，我在木新路的景美女中附近找到一家聖錡貨運當搬運工，早出晚歸，但是底薪三萬外還有獎金，福利還不錯，應該夠生活了，公司主要業務是運送軍公教福利站的尿布、衛生棉、礦泉水、沙拉油還有米。

剛去的前一週有點不太習慣，尿布很大箱不好搬，礦泉水、沙拉油一次要搬三箱，常常爬到二樓就敗馬（體力不支跌倒），沙拉油散落一地很糗，咬緊牙關，一切都會過去！全身肌肉持續痠痛，下班回到家倒頭就睡，完全沒有辦法去練團，但是為了阿珠，我必須撐下去。

我蓄著一頭長髮，身穿緊身牛仔褲，我很瘦，我是搖滾搬運工，我不在乎別人的眼光，長髮使我更有信念，緊身褲讓我有存在的感覺。某日，我在一個福利站排列著公司的衛生棉，排著排著，一個歐巴桑在我背後一直重複說著：「小姐小姐，這個牌子好不好用？」我回頭對她笑了笑說：「應該不錯啦。」

遠方走來一個微胖熟悉的身影，那不是我南強的學長羅蒔飛（羅時豐的堂弟）？我們並沒有因為職業的關係彼此羞愧躲著，而是感覺他鄉遇故知般快樂的聊了起來。他們家公司倒閉，他必須扛下家計來做這個粗活，學習做生意，音樂的夢想就先擺著，際遇跟我很像。我們為了現實，必須暫時拋下理想為五斗米折腰，為了阿珠，我可以放下身段，我們相約下次在我演出的SCUM見！

39

Live House 的宿命

後來我搬離了那個地方，也離開了「直覺」，我的生活不要再那麼重金屬了。

「骨肉皮」阿峰聽悉我離開直覺，跑來問我說要不要幫他彈貝斯，「那就先去看你們練團再說吧！」吉他手秀秀是個怪才彈的東西很不一樣，團長阿豪有民謠底子深拍子很穩，鼓手金剛之前在做廚房，聽說是阿峰去餐廳找他，不小心看到他雙手切菜切得超快，應該很會打小鼓，不時還會吐舌頭，應該是太熱吧（很像「Motley

Crue」[24]的鼓手Tommy Lee），覺得他很有表演潛力就把他挖來當鼓手。

金剛是個北方漢子，說一是一，說二是二，絕不囉唆。搖滾公務員有時也會抱怨，他在韓國被當中國人，在台灣被當成外省人，裡外不是人。

過沒多久，骨肉皮就受到白紀齡的邀約，參加友善的狗「地下音樂檔案[25]」系列肆的專輯錄製，發行了第一張專輯。阿盛跟小白都替我感到高興，但我想要做台語歌的夢還是沒有停歇，還是一直在寫，希望有天阿峰可以唱我的歌。

第一代SCUM因噪音問題被迫歇業，阿峰問我有沒有興趣一起另起爐灶，一人出五十萬，我沒錢，於是把頭腦動到吉妹身上，瞞著爸媽，叫她回家去偷標會，一腳一萬共一百多腳，我狠下心投標五千元，勢在必得！果不其然，大家都說我倆兄妹瘋了，拿著五、六十萬，一圓我的老闆夢（還好後來那個會倒了，我倒賺了不少）。

第二代SCUM就開在中山北路的巷弄內，但也只開一個月警察取締就收了，轉戰通化街後就比較順利點了，地下室比較沒有噪音問題。

在SCUM時，常常有一票老外來演出，團名叫「Dribdas[26]」（蘿蔔腿），他們想在墾丁辦音樂季邀請大家一起去玩，那時台灣的創作團不多，但大家都覺得很新奇「這一批老外在搞什麼？」便都答應下去演出，反正有得吃有得住，又有比基尼，沒差。

就在去的前幾天，我跟一票朋友去了Hard Rock Café玩，台上是「外交合唱團」[27]在唱搖滾舞曲，我們在舞池玩得不亦樂乎，忽然間阿峰大喊說：「吉仔，開始了！」於是我又上緊發條，拳打腳踢（這好像是我的宿命？），Mine見狀抓狂拿起椅子亂砸一通，後來圍事把我們拉開和解，阿峰摸著頭流血了，我發覺我的左手無名指怎麼垂了下來，對方好像只有眼鏡破掉？幹！Mine都砸到自己人，很不好意思的送我們去急診。

當晚，我左指打上石膏，只剩食指可動。阿盛跟我開著車，還是去了墾丁，參加第一屆的「春天吶喊」（Spring Scream）[28]。「骨肉皮」照常演出，但我一指琴魔，食指磨到快臭火乾。

SCUM的前身「ROCK 搖滾陣地」。

在羅斯福路上的第一代SCUM。

24 Motley Crue：一九八一年成軍於加州洛杉磯的重金屬經典樂團。創立者為貝斯手Nikki Sixx和鼓手Tommy Lee，隨後加入了吉他手Mick Mars和主唱Vince Neil。團員以頹廢且負面的私人生活聞名，作品常富有酒精、毒品以及性等話題，但其發行的專輯深受樂迷喜愛，屢屢攻下美國音樂榜。

25 地下音樂檔案：一九九四年，「友善的狗」有計畫地發行了一系列台灣重金屬、龐克樂團專輯，包括刺客、骨肉皮、濁水溪公社……等，此系列就叫作《台灣地下音樂檔案》。

26 蘿蔔腿（Dribdas）：由來自美國的吉米（Jimi）與衛德（Wade）組成，一九九三年曾參與「台北破爛生活節」，一九九四年四月，號召樂團朋友到墾丁沙灘上演唱，就此揭開「春吶」序幕。

27 外交合唱團（Rock City Band）：由台灣樂團教父級吉他手崔可銓領軍，從拉丁音樂、酸爵士、風行搖滾乃至流行舞曲皆為所長，迄今三十餘年，是台北市資格最老的樂團。培育線上歌手無數，如阿信、戴愛玲、符瓊音等，團長崔可銓更是伍佰、楊振華（東方快車吉他手）等人的吉他啟蒙。

28 Spring Scream（春天吶喊）：一九九四年由蘿蔔腿樂團號召，在墾丁揭開序幕，強調原創音樂並以地下樂團表演為主，每年皆有超過二百個國內外表演團體演出，成為台灣搖滾樂團界年度朝聖之地。

40

不打不相識

在通化街SCUM的時候，常常有位穿得很雅痞的長髮帥哥來看團。出手很大方，一次都買一手啤酒放在吧台請大家喝，帶來的馬子每次都不一樣，都很正。「你好！我叫大鈞，呵呵！我以前也是吉他手，現在在廣告公司上班，再幫我拿一手，呵呵！」（那麼有錢，應該是個高階主管，才可以每天都喝那麼晚。）

通化街SCUM很大，以前是釣蝦場，我們都自己裝潢、砌牆、隔音。我負責搬空心磚，阿峰負責畫畫，阿盛跟很多玩團的朋友會來幫忙做木工跟油漆，可是裝潢到一半錢就花完了，我擺了兩台投籃機當隔間，左側放乒乓桌感覺不會那麼空（大鈞常常在這裡摔倒，因為喝太醉殺球）。因為沒錢買桌椅，於是跟阿峰、阿盛開著借來的貨車，全台北市看到沒上鎖的公園椅就搬上車（有一次還搬到艾偉開的餐廳門口放的椅子，被抓到，賠了一千），桌子也是用撿來的大輪胎疊成的，好不克難，但至少我們有個屬於自己的地方了。

那時團不多，只要五六有演出，其他樂團都會來捧場，「閃靈」[29]的Freddy常常沒錢買門票偷混進來，那時他還在讀大學。有一個星期五，阿峰跟「四分衛」的虎神在討論搖滾精神有的沒的，起了口角，阿峰身材較瘦小，我跳了出來說要找我團員麻煩就是找我麻煩，有種的話跟我單挑，虎神當然不是軟柿子，一下就答應了，但在開打之前他小小聲講了一句：「可以不要打臉嗎？我們明天都還有演出。」我覺得滿有道理的，一言為定（第一次碰到打架有這個規定），我們互推了幾下，一個箭步，找到機會我用手拴住他的脖子，他也不甘示弱往我肚子猛打，臉靠臉猙獰的看著對方（幹！你又不是靠臉吃飯的，幹嘛不能打臉，他應該也這麼想吧），氣力放盡不分勝負，握手言和，我想不到虎神挺有力量的，把大門拉下來，我拿出冰箱所有的啤酒，爽！今天大家喝完才能走。

警察常來找麻煩，臨檢、開單、抓未成年的，我常常進出警局去保人，也因罰單很多，不堪負荷，有一陣子樂團來演出我都付不出演出費，因為門票一收，房東就拿走了，「四分衛」很夠義氣的常常一文不取幫我度過難關，但可以無限暢飲（還好他們都沒有很會喝），所謂不打不相識，我跟「四分衛」虎神、阿山也成了好朋友。

29 閃靈（ChthoniC）：台灣重金屬樂團，一九九五年由主唱兼二胡的Freddy創團，團長為貝斯手Doris。音樂內容以台灣神話與歷史為背景，於台灣、日本、東南亞與歐美各國發行專輯，國際巡演頻繁，為台灣在國際樂壇曝光量最高的樂團。Freddy、Doris之外，現任團員尚有吉他手Jesse、鍵盤手CJ與鼓手Dani。

阿吉與「四分衛樂團」主唱阿山（陳如山）合影，（攝於華山文化創意產業園區）。

左為「四分衛樂團」團長兼吉他手虎神。

41

骨肉皮，皮包骨

好鐵不打釘，好漢不當兵。雖然我退伍了一陣子，但這些玩團的朋友，就是有辦法想盡任何招式不當兵，有裝瘋賣傻故做精神異狀驗退的（大多是死亡金屬掛的）、有喝墨汁被識破的、有靠關係花錢弄假病歷成功的，但大多數不用當兵的還是從體重下手。

有很多前輩團的示範，「骨肉皮」阿峰好不容易減重成功驗退，驗退前幾週不吃不喝不睡覺，把體重降到最低點，前一天更是躲到廁所自行浣腸，我很佩服他不成功絕不罷休的態度。

金剛、阿豪和我，「骨肉皮」整團都瘦到了皮包骨。換到秀秀要體檢了，阿峰較矮當然比較占優勢，秀秀比較高、比較難減，反覆被驗了幾次，終於在最後一關失敗了。

隔沒多久接到兵單了，當時他有個很要好玩團的女友，我們都說會一起等他回來繼續在一起。秀秀當然心有不甘，減了那麼久的體重，在最後關頭沒有驗退成功，於是他想了一個怪招，去買了鹽酸回來稀釋，然後滴在眼睛裡，看能否造成視力不良，兩眼有視差，幹！痛死了……他邊吼邊叫著，我們笑得很開心，他起肖了（他還曾想剁手指、刺瞎眼睛……）。

這招當然沒效，當兵集合的那一天，他當作沒事一樣，躲在女朋友家，我們想說不管他，他應該會自行想辦法去部隊，沒想到第七天了他還沒去，我跟阿峰半押半送的把他載到台中成功嶺。

於骨肉皮樂團擔任貝斯手的阿吉。

起不來的Rocker

我跟小白一心想要進入唱片圈，他跑去敦煌樂器當過門市、水晶唱片當過業務，後來去傑米羅傳播當執行製作，為了可以更接近音樂，我們先從周邊的工作做起。

傑米羅當時有個很紅的節目叫做《歡樂傳真》，主持人是陳美鳳、董至成跟許效舜，紅極一時。公司成功後就陸續開發新節目，有一檔由林美照主演的戲劇，就叫我去當攝影助理。

我並不太喜歡攝影助理這份工作，只喜歡幫攝影師買檳榔。後來跑去賣高爾夫球證，我沒辦法每天早起，所以也做沒多久；「好進音響」缺燈光part-time，我就去搬東西，需要爬高，我就落跑；去「博飛音響」當PA，擦了半天的線材，覺得自己大才小用就不幹了！我總是好高騖遠，做什麼都做不久。

終於接到唱片公司的電話了——滾石唱片，哇！叫我去面試，一到公司一位女主管說，我所應徵的製作助理目前沒有缺，「你是瑞芳人、我是基隆人，我會照顧你，所以你可以先從倉儲做起，製作部一有缺就把你調過去。我覺得還不錯，明天開始上班。

長期的夜生活讓我早上實在爬不起來，女主管打了電話給我：「沒關係你下午過來就好。」我到了公司，她請助理帶我逛了一圈倉庫，「你就負責友善的狗這一區」。嗯！我還滿喜歡的歌手都在這一區：林強、黃韻玲、黃品源、紅螞蟻的羅紘武……我都瞭若指掌，應該很能勝任。

當晚有練團，我們在阿通伯樂器練完，總是習慣性的在旁邊的東區小吃小酌兩杯，一喝又到了三更半夜，小吃攤已經快要打烊了，我揉了揉眼睛，明早還要去上班，唉！我到底是Rocker還是……Fuck？回家吧！

隔天中午，我又接到女主管的電話，溫柔的說：「沒關係，你下午再來就好，我們都算基隆人，再給你一次機會。」我……我揉了揉眼睛：「喔！好，謝謝。」

吃了午飯後，我想到晚上還有演出，明天肯定還是爬不起來……，算了！女主管，我對不起妳。

43

搖滾卡拉ＯＫ

我常常進出警察局，只要SCUM臨檢到有未成年的客人，代誌就大條（通常都需要家長來保人）。有未成年的進來我怎麼會知道？又不是色情行業。

該死的管區要來白吃白喝又不幫我擋罰單，兄弟至少比較夠義氣，頂多來唱唱卡拉ＯＫ（SCUM有一陣子非演出時間，我弄了台伴唱機供人唱卡拉ＯＫ，轉現金），我充當ＤＪ跟播報員，阿珠當服務生，有時還要陪客人喝酒，來光顧的大多是通化夜市的攤販跟角頭，很多簽單，搖滾舞台唱卡拉OK，台北今夜冷清清……。

SCUM的後期，因為長期的罰單跟虧損，我已無力負荷，阿峰也很少出現，電費再不繳就會被電力公司斷電，週六還有「四分衛」的表演，志堅的水晶唱片平常也還有營業，怎麼辦？

我翻了翻報紙，看了後面的分類廣告，打了通電話，一位操台語口音的要我給他地址，他馬上來我家辦理：「是安呢啦！我歹聽ㄟ打頭前，高利貸是救急不救命，若有錢就趕快還！」（我想到週六「四分衛」唱應該會爆滿，下星期一就可以還了，再跟「四分衛」商量先擋一下，虎神阿山應該OK。）他把錢拿出來，順便請我一口檳榔：「身分證給我！」（我沒想到我的人生會有借高利貸這一段，不禁悲從中來。）我翻了翻，找了找皮包，靠北……早上不是還在？我急急忙忙，找了約半小時，焦頭爛額猛抓頭髮，腫啊！他也開始有點不耐煩：「啊汝是底甲恁爸裝肖ㄟ喔？」「無啊！透早擱有看到！（我心想應該是被阿珠拿走了，肖查某，無錢我是欲安怎啦！）」他瞪了我一下：「下次資料傳好再打給我啦，幹！」

晚上，阿珠回來，拿了一包錢給我，她跟她爸借了十萬：「爸爸叫你把頭髮剪掉，好好做人，不然就不准我們再繼續交往……。」我拿著錢，鼻子有點酸。

44

再會吧！飄髮哥

結束了SCUM，我把該賣的賣一賣，該還的還一還，整牆的CD跟唱片我也只挑了幾張，什麼都沒了，我也什麼都不想要，什麼也不想帶走，那片風景，就留在腦海裡，人生不就這麼樣。

我想重新過生活，我把留了多年、及腰的長髮剪掉了，沒什麼感覺，沒什麼捨不得。一個人搬回了瑞芳老家，我跟阿珠很平和的結束了七年的感情，我也跟著金剛離開了「骨肉皮」。

老媽臭罵我一頓，說她以後就沒酒伴了，要我把阿珠的電話給她，奇怪，又不是她分手，她跟阿珠講電話講到淚留滿面，我叫媽媽啤酒喝快一點，回憶才會沖淡一些。「永吉啊！不是媽媽愛講你，這款的查某囡仔你應該早娶娶ㄟ……」「我又不想結婚，是欲娶一箍碗糕……。」

我躲在瑞芳閉關寫歌，不用再為煩人的店務傷神，我的創作力大增，阿盛三不五時半夜就會出現在我家，錄Demo時常常把我家人吵醒，我叫他唱小聲一點，他說這樣他不會唱，我把四軌錄音機搬到海邊，讓他唱個爽（所以董事長早期的Demo都有海浪的聲音）。

我們很快就累積了十幾首歌（董事長第一張專輯，大部分的歌都是在這時期所寫的），預計半年內整理好所有歌的Demo，然後透過任何關係丟給唱片公司。我們不知道未來會怎樣，但我們對董事長的音樂深具信心，阿盛的嗓音、大鈞的帥勁、小白的眼睛、金剛的鼓技，還有我的創作力，真是絕配！

45

奪命連環Call

我總是喜歡跟朋友在一起，當時的女友阿泡很不諒解，叫我多陪她，怎麼可能？我是浪子，「浪子甘那悲歌才會曉」。

阿焜跟小李是大鈞的國中同學，我們都叫他們「二傻」。二傻跟大鈞以前也組過團，跟我們有著相同的搖滾夢，所以還沒發片前，吃喝玩樂都由他們兩人處理。

阿焜是正常的上班族，小李則掛設計公司的負責人，後來老闆落跑，他背了將近千萬債款，到現在還不能出國，他們常常一下班就開始飲酒作樂，因為大家都不喜歡陪女友。

有一次，在小李的租屋處，我們從星期六晚上開始喝，喝到隔天中午，阿泡打了近百通的BB Call給我，他媽的奪命連環Call，實在讓我很沒面子，我就是不回，反正妳也不知道我在哪happy。

約莫下午三四點，叮咚！叮咚！小李穿著內褲去開門，還好有隔著一道鐵門，「阿吉快來處理！」我看見阿泡怒氣沖沖抓狂似的，一隻手敲著門、一隻手藏在背後，我覺得事有玄機：「妳把手拿出來給我看，另一隻手也是！」鏘啷！一支尖銳的水果刀掉在地上，恁娘勒！這會死人的，她說她已經找我一個禮拜了，要我現在馬上跟她回去，我怕一開門她狠狠給我捅一刀，所以叫她把水果刀踢進來，確認手無寸鐵了，才乖乖的跟她回家。

阿泡是個狠角色，不知從哪裡弄來我瑞芳老家的鑰匙，我家人都很怕她。有一次，她吃了很多安眠藥後在浴室裡泡澡，泡了好幾個小時，爸爸驚覺不對勁，破門把她全裸救出，之後家裡也因為她換了新的鎖。

但她還是不甘心的常跑來找我，只要她在樓下敲門，爸爸會去開門拖延一下，我再利用時間差，從二樓陽台跳下去，讓她找不到我。

雖然我還算愛她，但我更怕她。

46

練團要先亂彈

警察跟我說：「要讓一家店關門，隨便都可以找一百個理由弄死你，今天建管局、明天消防局、後天稅務局……你們趕快搬走吧，不要再找我麻煩了。」

心想反正罰單我也繳不起，我他媽的也不想繳了，乾脆把SCUM收一收，不要再做人渣了。SCUM要收的那幾天，很多朋友都跑來關心，剛好認識女巫[30]店的老闆，她開完笑的說：「反正你器材也賣不到什麼好價錢，要不要試著來女巫弄看看？我出地方，其他你們處理，賺的錢對半拆。」聽起來不賴，我去看了看場地，覺得用不插電的演出形態應該還不錯，那就先弄一個月再說吧！我們打了幾通電話，把節目表排一排，用A4的紙先手寫，隨便畫幾個女巫彈吉他，印了一百份發送，記得第一個月好像有陳珊妮、謝宇威、陳明章、431[31]、原音社[32]……陣容很不錯。

我坐在PA台，阿盛負責幫忙打燈，大鈞、小白、金剛每場都來捧場衝人氣，深怕我做不起來。常常歌手唱完了，只剩我們五個坐在吧台前喝著啤酒，阿盛開口說：「既然每次都剩我們五個，那我們五個來組個團吧！」金剛很阿沙力的說：「阿吉OK，我就OK。」（那時他剛離開「骨肉皮」）而小白也說：「都可以啊，反正下班後大家還是混在一起，沒差！大鈞你呢？」「呵呵！我不行啦，我好久沒彈吉他了！」阿盛隔天就把下週二練團室訂好，大家其實也沒什麼準備就如期赴約，練畢！大家尷尬的笑了笑（應該不會再有下一次了吧），我偷偷的跟金剛講說：「大家還是當好朋友就好了，沒練過這麼爛的團，大家都在亂彈，一首歌都練不起來，搞屁啊？」隔天阿盛又說星期五的練團室他又訂好了，小白說：「靠腰，來真的！他是錢太多嗎？」我面無表情的，但也不想讓好友失望，「好吧！練團前一天阿盛你先來我家練歌，看你適合唱哪一首你自己選，我把譜整理整理，這樣練比較快，反正我寫很多歌，一次只練一首就好了。」

練團越來越順利，每次都有練新歌，大鈞工作忙，沒有時間編吉他，我就跟他交換樂器，「反正貝斯你要彈什麼我再跟你說，但你要借我錢我才能用心編！我已經離開骨肉皮了，時間比較多。」講完後，大鈞很訝異的看著我：「不要吧！骨肉皮很屌欸！名團欸！況且我們又不一定玩得起來，一場都還沒唱過。」我回說：「啊——你不懂啦！乾杯！」

一日晚上，我跟Mine坐在女巫店排節目，看到兩個滿頹廢的人走進來，很客氣，拿著卡帶，「我們可不可以來表演？這是我們的Demo。」我請他們坐下，問他倆要不要喝啤酒，他們輕聲的說他們沒有錢，於是我很豪邁的叫了兩瓶大瓶台啤給他們，大概聽了一下，「哇！很特別喔，很有音樂性，來吧！空格的地方你們自己填。」——亂彈[33]——。「我叫阿翔。」，「我叫瘋子。」「那叫我阿吉就好了。」

「亂彈」唱的那一天，我看到很多圈內人都跑來看，有製作人、企劃、宣傳，還看到真言社老闆倪重華。好的團果然一下就被注意到了，我跟身旁的阿盛講：「我們要加油了！」

30 女巫：一九九六年由店長彭郁晶所成立。一九九七年SCUM結束營業後，成為新的地下搖滾基地。至一九九八年「VIBE」開張後，樂團轉移陣地，女巫改以著重陰性價值，優先考慮女性或是弱勢族群創作者，如陳珊妮、陳永淘、觀子音樂坑、原音社等藝人及樂團均曾在女巫店演出。

31 ４３１樂團：一九九〇年由主唱沈懷一創團，團名源自當年台大宿舍的寢室號碼，一九九九年更名為「大灣島樂團」（取閩南語「台灣島」之意）。樂團以「關懷本土」、「都市心靈」、「社會階層」等議題為創作主軸。發行過《台灣尚青》創作專輯與《破輪胎》電影配樂。

32 原音社：一九九三年，一群原運人士因音樂理念而集合，成立了「原音社」。以傳統歌謠詮釋歷史，關照原民命運與生活變遷。樂團成員來自卑南、魯凱、排灣及蘭嶼的達悟……包括李國維、許進德、紀曉君及吳昊恩等人。一九九七年〈山上的孩子〉收錄於《歹國歌曲》合輯，一九九九年發行《ＡＭ到天亮》專輯。

33 亂彈：由陳泰翔（主唱兼吉他）、楊明峰（吉他手）、戴中強（貝斯手）及童志偉（鼓手）組成的四人樂團。一九九七年開始發行專輯，曾獲金曲獎最佳演唱團體。二〇〇三年主唱阿翔自創個人獨立品牌「赤腳不辣」，於二〇一二年獲金曲獎最佳國語男歌手。

〈攏袂歹勢〉宣傳照。

47

董事長樂團的誕生

就這樣每週固定練二五晚上（到現在還是），歌也累積十多首了，我們來唱一下吧！一方面可以衝女巫店的票房，一方面驗收半年多來努力的成果，想個團名吧！不然文宣總不能寫「吉祥武盛軍」五個字。一定要三個字，兩個字像中國團（唐朝、黑豹）；四個字像日本人（高中正義、中森明菜、澀柿子隊）；五個字像外國人（柴可夫斯基、柴契爾夫人、麥可傑克森）。

鳥仔腳（我們五個腳都很細）、B段班（五個功課都不太好）、拘捕令（Warrant國外已經有了）、董事長（好像還不賴），於是就這麼確定了。

首演的當天，不知是我們人緣太好，還是宣傳做得不錯，排隊排到新生南路去，一下子就造成了轟動。開演前阿盛帶領著我們五個人手握著手圍成一圈，高喊「董事長加油」（這好像是他打橄欖球時的習性，至今董事長每場開演前都還沿用），氣勢如虹。沒想到第一首歌竟然是唱「我們都是董事長／你們都是董事長／大家都是董事長／一起來做董事長……」〈歡樂年華〉搖滾版，大家笑翻了！後來連續唱了約十首左右，反應很好，馬上成立董事長國際歌友會，馬國畢是會長，蜆仔是副會長。

可能是反應太好，消息一下就傳了出去，就有位蕭姓製作人跑來找我們：「公司最近在收錄一張合輯叫《ㄎ國歌曲》[34]，讓年輕人表達對社會的不滿之類的。不知你們有沒有興趣參與寫這類的歌？」我拿了吉他跟阿盛馬上唱〈攏袂歹勢〉給他聽，他聽了很高興，「就是這一首了！下個禮拜來錄音。」（機會是留給準備好的人，我跟阿盛give me 5！）

金剛一下子就把鼓錄完了，可是大鈞還沒準備好，他手心直冒汗，拿著剛買來的昂貴貝斯，嘴裡碎碎念：「我才彈沒多久就要我錄音，幹！太快了啦！阿吉幫我彈啦！」我才不理他，「我是吉他手又不是貝斯手，我要去天母載阿盛了，你自己看著辦！」當天錄到半夜才完工，大鈞很沮喪的說：「真的要好好練了，至少這一首先彈完了。」

34《丏國歌曲／搖滾樂團創作合輯》：一九九七年由角頭音樂發行。集結十個台灣最活躍、創作力最旺盛的非主流樂手及樂團，以觀點迥異的歌詞，激昂奔放的旋律，宣布新世紀樂團時代的到來。收錄樂團有：四分衛樂團、原音社、張四十三、董事長合唱團、五月天樂團、阿福、全方位盲人樂團、魔鏡合唱團、夾子樂隊、花生隊長。

〈攏袂歹勢〉單曲宣傳照，歌曲收錄於角頭音樂發行的《歹國歌曲》合輯。

外拍當日，小白請假缺席

48

大家幫忙丟Demo

把Demo丟給上華之後，總是覺得只丟給一家不大妥當。在當時，台灣的搖滾第一品牌當然非魔岩唱片莫屬（中國火系列很成功，本土的豬頭皮、陳明章也不賴），我得知陳綺貞被簽到魔岩後，打了個電話給她，拜託她幫我把Demo拿給林暐哲跟朱約信（我當時很喜歡的兩位創作人），她感覺面有難色，「說好啦！妳何時要去公司，我去載妳，順便拿Demo給妳總可以了吧？」（我到現在還不知她到底有沒有幫我把Demo拿給他們。）

「糯米團」[35]在天母錄第一張唱片時，我剛好也住在天母阿盛家。鼓手洪峙立跟我還不錯，我跑去探班，看他們在幹嘛，當天馬念先在搭吉他，我跟他們團聊了一下，臨走時，拿了張Demo給峙立：「有機會幫我拿給你們老闆聽，給個意見，有丟總是有機會嘛！」

以前的類比時代，發片機會微乎其微，因為一張唱片的製作成本就要一、兩百萬，但是我們不放棄，大家說好三十歲以前都還有一搏的本錢，大鈞、小白他們繼續上班，這樣才有錢借我，我跟阿盛四處在找機會，繼續寫歌、做Demo。

住天母時，常常身上一沒錢，阿盛就會跑去對面雜貨店，看有沒有缺麻將咖，然後派我出征，保證贏錢！他們都是老人，不贏其實也很難。我們常拿著贏來的錢到附近一家義大利餐廳「隨意鳥地方」吃飯，老闆Tony是個飲酒狂人，只要我們人一到，就一人先來個Shot，他一晚可以跟客人喝掉好幾瓶Tequila！廚房師傅下班後，廚師阿國跟阿儒會拿著一桶桶的員工價啤酒請我們喝，通常都只花了幾百塊就可以喝到醉醺醺。

天母的那條街，兩側都停滿車，有一次在隨意鳥喝醉興起，我找大鈞單挑賽跑，阿盛說他要當裁判，但前提是必須在兩側的車頂同時起跑，剛下過雨，這個難度更高，大鈞受了我言語上的刺激後，接受我的戰帖，小白站在終點線，阿盛喊：「預備——起！」大約跑到第五台車時，大鈞就從車的擋風玻璃滑了下來，「幹！速疼ㄟ」！我們笑成一團，繼續前往下一攤延吉街的Adlip，小萍的店。

35 糯米團（Sticky Rice）：一九九三年創團，原始成員為吉他手兼主唱馬念先、貝斯手余光燿、吉他手沈其翰、鼓手洪峙立（二〇〇二年退出），後加入鼓手林俊宏。二〇〇四年野台開唱之後，團員退居幕後從事音樂創作活動。二〇一二年於Legacy Taipei復出。

49

Adlip啊！多離譜

位於延吉街巷子內的Adlip，一開始是由「海豚樂隊」的阿倫所開的，後來經營不善，便宜頂給「敦煌女子樂隊」的貝斯手小萍。

牆上掛著薛岳的皮衣，象徵搖滾不死。這裡是所有樂手party的最終站，喝到幾點都可以，身上沒帶錢也可以，只要風騷女老闆認定你是個咖，什麼都好說。

小萍長得很正，所以來的常客也大多是男的，彼此都認識，彼此也都狐疑著是不是來把女老闆的，小萍從不公開說跟誰在一起，所以生意也都一直很穩定。

陳昇喝醉時曾說過，這裡是失敗者的樂園，彼此來這邊找慰藉。我在這裡認識了他當時的貝斯手趙家駒，但他不是失敗者，他是當時很夯的樂手，我喝醉了總是喜歡幹譙他、盧他。貝斯沒有彈得比他好，酒量也比他差，還找不到唱片合約，我是失敗者，酒必酩酊，大鈞總是在我身旁跟他解釋著我喝多了，向他對不起，叫他別生氣（後來我們一起合開了大吉祥錄音室）。

我常常在這裡碰到老猴、刺客、新寶島康樂隊、趙傳、張震嶽。趙傳很祕雕，總是一個人躲在角落刁十三張，阿嶽那時在當兵，有一次我開玩笑的說阿嶽的才華很欠揍，阿盛聽不懂我的意思，馬上過去要揍他。

凡「刺客」走過，必留下痕跡，這兩兄弟真的很離譜，有時對外，有時兩人互打，他們只要喝醉，小萍就很頭痛，深怕又得罪了哪桌客人。他們天不怕地不怕，搖滾大哥大！

老猴算是奇葩，他雖然小兒麻痺，但他是正港的Rocker，不願領殘障手冊，政府的津貼對他來講是歧視，做的事都比正常人屌太多了，他是台灣樂團的先驅，早期在「Nice Vice」後來彈過趙一豪和阿德的流氓樂隊，人緣很好，帶的馬子都很正，酒膽也不錯。

有一次大鈞生日，我們從原鄉喝到Adlip，我開車送他回仁愛路的住家，但他實在太醉了，眼睛睜不開的說每棟大樓都很像他家（靠北，辦公大樓不都長得差不多），地址也含糊說不清楚，我們只好停在路邊的大大樓停車格睡覺。

應該是空腹幫大鈞擋太多酒，突然一陣肚子痛，我去跟大樓伯伯借廁所，他有點不願意；第二次再去他就不借，但我實在太痛了，一直拜託他，他勉為其難的讓我使用；第三次他就真的不讓我進去了。我把他推開，強行進入廁所，突然間，兩個警察破門而入，看我在拉肚子，他們也只能站在門口：「伯伯說有人吸毒。」我回說：「我窮得跟鬼一樣哪有錢買毒品？你們可以送我去醫院驗毒，順便幫我掛急診……」，警察也覺得沒什麼，要去醫院叫我自己想辦法。

我在台安醫院躺了兩天一夜，急性腸胃炎，團員們跑來醫院看我，說老猴還在醉。

在Adlip，由左而右為老闆娘小萍、阿吉及其友人、夾子辣辣、骨肉皮的阿峰。

50

第一次的春吶

只要是玩團的，一定要去過一次春天吶喊！董事長成軍的隔年，我們就興致勃勃的跑去報名，坐上了春吶安排的遊覽車，連夜前往墾丁報到。

那次的Spring Scream是第四屆。這兩個老外也真奇妙，不好好的待在自己的國家，跑來台灣教英文，還辦了一個不賺錢的音樂祭。前三年票價只要台幣兩百元，我們去的這一年終於提高到五百了，但我看還是很難賺到錢（同年來的樂團還有四分衛、五月天、賽璐璐……）。

我們到了墾丁，眼睛為之一亮，彷彿全台灣的老外都跑來這裡玩了！陽光、沙灘、比基尼……，這根本是在國外吧！那年春吶舉辦的地點是在墾丁大街旁的露營區，大家人手一瓶啤酒（我想傳說中的烏茲塔客應該也不過如此），雖然器材還是很簡陋，大家也不在乎了，精神層面比較重要！

夜幕慢慢低垂，就快輪到我們表演了，Jimi真不愧是個好朋友，把我們安排在晚上九點的黃金時段，是倒數第二個團（在「濁水溪公社」[36]前面）。沒想到臨演前，幾個警察突然跑來，說有人檢舉噪音，於是Jimi跟Wade（衛德）馬上出面協調，警察當然有聽沒有懂，還很生氣的說：「反正不管啦！你們這些老外趕快收一收，不然就把你們抓去警察局拘留。」

我們在一旁看著，心裡很幹，想說董事長的第一次春吶就這麼沒了……。然而，窮則變、變則通，沒想到這兩個老外竟然拿著一台發電機說：「GO——我們去海邊！」大家立刻開始幫忙搬器材，他們在海邊放了一塊木板和一盞燈，幹！這樣也能唱！老外堆起木柴，生了一團火，我們就在火堆後唱了起來，觀眾就坐在我們周圍，這樣反而更high！老外一直在跳舞，整個沙灘都是我們的舞台！

唱完後，我們繼續留下來看「濁水溪公社」。第一次看他們演出，覺得這個團怪怪的，小柯一直在罵髒話，左派一直在打手槍，兩個人還隔空互幹！老外簡直已經high到爆，全場瘋狂，這是哪一招？我和大鈞笑到趴到地上，直說濁水溪實在太屌了！

後來我們五個人喝多了，就直接躺在沙灘上睡覺，半夜要去尿尿才發現整片沙灘都醉滿人，一不小心就會踩到人，跑去草叢小便，草叢裡還不時傳出叫春的聲音，我偷瞄了一下，喔——原來這就是「春天吶喊」。

36 濁水溪公社：成立於一九八九年的台灣樂團，以抒發社會亂象與困境為題材，樂風結合硬蕊、龐克、噪音、草根、民謠、那卡西等元素，現任團員為柯仁堅（主唱）、蘇玠亘（鍵盤手）、江力平（貝斯手）、陳俊安（吉他手）、黃迺懿（鼓手）。

三個打赤膊的董事長樂團成員阿吉、小白、大鈞。

春天吶喊啤酒慶祝，阿吉（中）與主辦人之一衛德（左）、友人阿狗（右）合影。

輯六

51

熱血棒球夢

當兵放假時，小白會帶我去他們公司的壘球隊練習，由於我身手敏捷，被教練派去當游擊手，打第一棒。

我的臂力並不好，但腳程很快。退伍後，被其他隊友找去神龍打棒球，在一次的強襲球打中臉後，對滾地球有陰影，改往外野發展，還是打第一棒。

以前台灣的球場不多，所以都是先占先贏。為了每週都有場地可以打球，伯丞教練想出一個好方法，就是輪流占場地，大約兩個月輪一次，我跟大鈞被分在同一組（應該是兩個都愛喝吧），我們很聰明，直接喝到簡哥的原鄉餐廳三點打烊，然後把車開到球場投手丘上，睡在車裡等天亮，保證萬無一失，有時，還會遇到隊上的「先拜」林大哥拿著紅酒等著我們。

年輕時體力好，可以喝整晚不睡覺，天亮就開始練球，練到天黑看不到球為止，再跟隊友去熱炒店續攤，真不知道當時是哪來的動力。即使到了現在，四十幾歲的我們仍然可以工作到三更半夜，為了打球，隔天一早宿醉頭痛也爬得起來比賽。

為了棒球，大鈞辭去原本薪資優渥的廣告公司，跑去中華職棒當美編，設計球員卡；為了棒球，小白的手讓他不能當兵，也差點不能彈吉他；為了棒球，我差點投入中華職棒的選秀，以為自己速度很快……。

棒球跟玩團很像，都是團隊運作，缺一不可。我的棒球路跟玩團過程也很雷同，初期守游擊，改守外野，到後來球隊缺投手，我還變成先發一哥；玩團早期彈貝斯，進董事長改彈吉他，主唱走了，找不到合適的，我一唱就快十年。

我們都有自己的棒球夢，音樂跟棒球在我們的生命中是對等的，雖然現在這個「董事長搖滾棒球隊」年齡偏大，先發平均四十五歲，但我們打得很快樂，每當打贏年紀小我們一半的球隊，大家會慶功、講一個月唬爛，四十歲只剩一張嘴。

第一次出國

神龍棒球隊有很多外籍球員，日本、韓國還有法國人，他們大多是來台讀書，而且打球的底子都不錯。

一位日本隊友回去了，在奈良縣工作，邀我們去友誼賽，伯丞教練很熱心的答應了。我沒錢出不了國，但教練可能需要我這個第一棒快腳，就說要幫我墊，叫我以後有錢再還，當然OK啊，我又沒出過國。

集合當天的早上，我看著大家都帶著行李箱，大包小包好不慎重。唯獨我一人拿著一個黑色垃圾袋，把球具和換洗衣物都塞在裡頭，大鈞笑說我是要去哪裡行乞，我沒出過國，哪知道那麼多！

或許是第一次出國太興奮，在飛機上喝起免費紅酒，不由得一杯接一杯，一下子就上腦了！空姐供不應求，整架飛機頓時變成了卡拉OK，還好整機都是台灣人，有不認識的中年阿伯找我喊拳，還有人找我唱歌……實在太開心！

到日本的第一站，就先去東京迪士尼樂園，暑假人太多，我們只能先排到咖啡杯。隊友阿隆看他女友好像很害怕，見機不可失（平常阿隆常受她嫌棄，說他錢賺太少），便拚命的轉著咖啡杯的方向盤，外面在公轉、裡面在自轉，轉越快頭越暈，他看見女友花容失色就轉得越激動，才不管她早已哭得稀哩嘩啦。咖啡杯停止後，她女友整個濃妝都花了，其他隊友笑成一團，都誇阿隆是個男子漢！後來那一整天就再也沒看到他們玩任何遊戲了（回國後沒多久就分手了）。

隔天我們去東京巨蛋看日本火腿（當時與讀賣巨人共用主場）跟大榮鷹（王貞治是監督）比賽，秋山幸二是當家球星，那年的大榮不強，但好像隔沒幾年就拿下日本總冠軍。

第三天友誼賽開始了，日本普通業餘社會球隊都是打軟式棒球，比較安全，滾地球彈跳方式跟擊球點也都不一樣，雖然只是一個地方性的公園球場，但他們保養得很好，都有退休老人義務性的在照顧場地，日本投手的控球普遍都還不錯，內野手的基本動作都很扎實，不愧是棒球強國。我們雖然小輸一分，但看他們對棒球的重視度和普及率，覺得那才是所謂的國球，也算是不虛此行。

神龍棒球隊成員赴日比賽，到東京迪士尼樂園遊玩。

53

搖滾棒球隊

煙霧瀰漫的「地下社會」[37]，酒酣耳熱之際，大夥都在，大鈞站在椅子上高呼說，是男子漢的就把上衣脫下來（眾家Rocker搞不太清楚狀況，但也都脫了），來！阿吉有話要說：「是安呢啦！我們常常喝酒都沒運動也不是辦法，我們來成立一個搖滾棒球隊，會有職棒退役的來教球，還有我們董事長會陪大家練球，好啊嘸好！一人一千元隊費，阿山會負責設計球衣，背號來跟我登記，照梯次來，前輩先選號碼……喜歡的守備位置順便講一下，教練會安排，有脫上衣的就表示你是搖滾棒球隊的一員，來！一人一半！（一起喝過酒的都知道的規矩）」

怪獸很想偷偷把上衣穿起來，大鈞笑他臭俗啦！他急忙回說：「無啦！我以前也是棒球隊的，只是怕接下來都在大陸演出，沒時間去練球歹勢啦！」大鈞說：「沒關係那你先交隊費一千元，反正你們賺那麼多錢，哈哈哈！」他心不甘情不願的說：「靠北這樣也要交錢喔，好啦！乾杯！」

「翁嘉銘老師你不用脫啦！你當領隊；夾子辣辣你要脫我們也不反對（她說她也想參加，今天剛好裡面穿小可愛），你當我們的球隊經理。」消息一傳出去，來報名的越來越多，張震嶽說他以前是捕手，林暐哲說他也會打（我相信，因為他在Baboo時期寫過一首〈瘋棒球〉），黃連煜、陳明章還有文夏老師都說他們以前是投手（台灣人的通病，以前每個都嘛是投手），但也都沒來過。

我們的總教練是張建勳（阿財），打過俊國、興農、三商，客座教練是九十二年奧運當家游擊手張耀騰，雖然教練團陣容堅強，但我們的戰績跟實力並不怎麼樣，通常都星期六練球，但很多玩團的前一天有演出，根本都還在宿醉，不過趣事倒是一堆。

「Chain Blue」[38]的鼓手Dino是義裔美籍有一定的底子，洋將當然是要打中心打線，嚇嚇對方也好，守一壘左打，擊到球的那一剎那會直接飆出台灣國罵（幹你娘××！）算是入境隨俗；陳如山（阿山）是投手，控球太好，不大保送，所以常常被打爆；「骨肉皮」阿峰（張賢峰）出一張嘴，所以出席率也不高；陳彥豪（阿Sir）守右外野，腳程很慢但很拚，常常為了追高飛球跌倒（印象中還沒看他接到球過）；流氓阿德（黃永德）是DH，跑一壘時會軟腳，但他堅持說是撲壘（也離壘包太遠了吧）；「Zayin」[39]的Yalu（楊宗諭）是當家游擊手，也是進步最快的選手，教練團的最愛；「八十八顆」[40]的阿強（李奇明）是捕手，但他一直有個投手夢（我想是因為他覺得我跟阿山的球速都沒他快，但梯次又較低，只好乖乖當捕手）；製作人鄭捷任來球場都屬於彌留狀態，所以很少下場；張議平（角頭老闆四十三）是當家外野第四棒，由於有籃球底子，運動細胞發達，很快就上手；宗明是地下社會老闆，個子不高但臂力驚人，守三壘；「原音社」的小陸（文傑格達德班），應該是台灣棒球史上最早用原住名報比賽的選手；「拾參樂隊」[41]的小宇（徐德宇），守二壘，中規中矩，基本動作扎實；林志盈導演，無法跟大家打成一片，所以很少來；陳顥（「牛皮紙」主唱）出席率低；董事長三名成員場場必到。

「閃靈」的Freddy只來過一次，全身穿重金屬是要怎麼練，丟球時同手同腳有點娘娘腔，跟他在台上的金屬硬漢截然不同；夾子的小應外野守得不錯，但不習慣傳統台式教球的罵法而離開球隊；「四分衛」虎神在一次友誼賽被觸身球，手指骨折；為了吉他生涯改踢足球（後來差點心肌梗塞），怪獸還是沒來，倒是石頭來看我們比賽過。

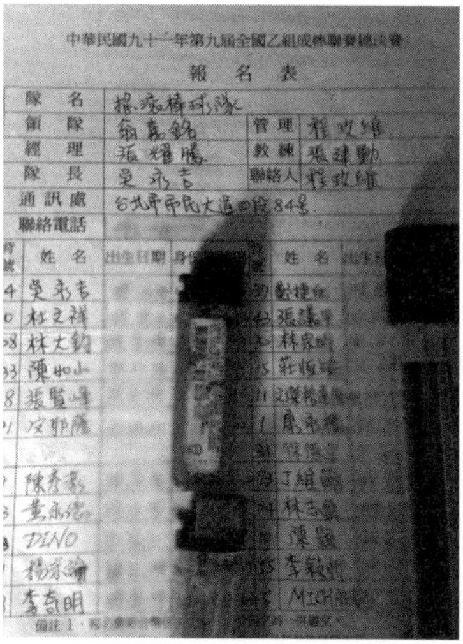

搖滾棒球隊報名表。

37 地下社會：創立於一九九六年八月，為台北歷史悠久的Live house之一，四分衛、糯米糰、瓢蟲、旺福等諸多樂團均曾在此表演。二〇一二年七月因消防法規的限制而結束營業。此舉引起知名樂團五月天、一九七六、小應等大批音樂人的聲援。

38 China Blue：成立於一九九二年，由朱劍輝（貝斯手兼團長）、余大豪（鍵盤手）、Dino Zavolta（鼓手）和吳俊霖（伍佰，主唱兼吉他手）組成。

39 Zayin：成軍於二〇〇一年，由主唱Yalu、貝斯手Matt、吉他手Ti、鼓手Alin、吉他手Nu組成的五人樂團。二〇〇四年正式發片出道，二〇〇六年因成員退居幕後而解散。

40 八十八顆芭樂籽（88 balaz）：成立於一九九六年，樂風以龐克、搖滾為主，成員為阿強（主唱兼吉他手）、冠伶（貝斯手）、李東祐（鼓手）。

41 拾參樂團：成立於二〇〇〇年，結合音樂與視覺藝術的搖滾樂團。樂團曲風以呈現爽朗清新的英式搖滾風格為特色。現任成員為徐德寰（主唱兼節奏吉他）、徐德宇（主奏兼吉他）、林君平（貝斯）、廖偉棠（鼓）。

輯七

54

醉鬼不怕鬼

跟四分衛在中和新生街合租了一個練團室，月租八千，一團一半，四分衛還是很夠意思，不虧是兄弟團，因為器材他們出，我們只提供了幾支在ＫＴＶ幹的麥克風，跟一套金剛專用的鼓，設備雖然簡陋，但我們很多歌都是在那邊萌芽、編寫的。「重點在態度」牆上這麼寫著。

練團室外面放了一個沙發床，我常常喝醉了就跑去那邊睡，地下室潮濕，有很多蟑螂，到現在好像也只有我敢睡那裡。阿山聽聞覺得不可思議，說我好大膽，問我半夜有沒有聽到什麼奇怪的聲音？他有時一個人在這都覺得寒寒的。我醉都醉死了，哪聽得到什麼聲音，頂多有蟑螂不小心爬到我身上，醉鬼是不怕鬼的。

小白在傳播公司幫我跟阿盛、金剛接了一支MV的演出，飾演長髮Rocker，還不簡單？就彈彈琴、走走位、找鏡頭、甩甩頭，我甩了十幾年了，經驗可豐富著呢！重點是酬勞還不錯，聽說是上華的年度新人大片。我趕緊打給好友部長：「喂！幫我錄Demo！很急！星期天就要用！」他偷搬了當時剛到職的「好進音響」的器材，進Mixer用MD直接兩軌收音，一個晚上錄了十首，都幾乎同步一次OK，部長分文不取，笑笑的說：「我也在學習。」

隔天半夜馬上到大鈞的廣告公司，用公司的資源印刷成精美的小冊子加CD，連他同事都來幫忙，CD跟真的一樣，我覺得大鈞真厲害，手腳很快，跟錄貝斯完全不一樣，我們都有預感明天他們的製作人劉天健老師應該會來探班，我們就有機會跟主流唱片公司接觸，把CD交給他們，心裡暗爽著。

果然天健老師在拍片結束前出現了，我馬上找機會過去跟他哈啦，拿出我們的祕密武器：「天健老師，這是我們的Demo，請多多指教！我們寫了很多歌，你聽看看，不好聽免錢。」天健老師打量著我們：「來！跟我們的新人動力火車合照一下，搞不好下次還有機會合作，大家都是Rocker嘛！」

55

玩團的小孩不會變壞

一九九七年角頭[42]發行了一張合輯叫《ㄢ國歌曲》，除了董事長外，還有五月天[43]、四分衛、全方位[44]（蕭煌奇）、夾子（小應）、原音社（紀曉君），甚至有計畫性的要栽培董事長、五月天、四分衛和紀曉君；我們被列為首要發片樂團，頓時成了大師兄，好不習慣！

阿盛很有大哥的風範，只要他有錢，出手都很海派，在公司跟紀曉君也都以兄妹相稱，有時候沒檳榔了，「妹妹去幫哥哥買一下檳榔好不好？要加梅粉喔！不要被玉翠姐看到（公司禁止他吃檳榔）。」

曉君也都很開心的跑下樓去買，只是每次買上來，看曉君的嘴巴也都紅紅的，輕輕咀嚼著，不太說話（難怪她那麼喜歡幫阿盛買檳榔）。

剛在角頭碰到「五月天」時，覺得這個團跟時下的搖滾樂團很不一樣。有點書卷氣、斯斯文文的，聽說是大學生（早期的樂團學歷都不高），我們在錄第一張的同時，他們也同時在幫忙製作公司的第二張同志專輯《擁抱》，害我那時懷疑他們也是。

玉翠姐的手藝很好，我們常常都待在公司吃晚餐（要輪流洗碗），有時候食物太豐盛，就會有人下樓買啤酒，一開喝就不可收拾了！怪獸跟石頭「台」的本性就露了出來，常常是他們兩個對我們三個大吉祥，有時候興起聊到什麼樂風，就直接進錄音室Jam，有時小白錄Solo卡關，也常常是我們四個吉他手輪流接力完成的，非常有趣！但瑪莎、阿信只要看到我們喝開了就會躲得遠遠的，他們知道大師兄又要找人一人一半，尤其是瑪莎，有一次還躲在桌底下被我抓到，變成一人一瓶，後來他們都笑稱我是牧羊犬，在任何角落我都找得到。

在角頭那時期，常常到深夜還是沒有人要回家，我們這群年輕人彷彿是把角頭當成家了。我是不喜歡回家沒錯，因為我爸會一直叫我去找一個正當的工作，或者跟他去做工都好，不要我彈吉他，吵死人了，沒前途。我不知道其他人的狀況是怎樣？有一天晚上十一點左右，公司的人都下班了，我接到一通電話，是位中年婦人，「喂！我欲找陳信宏啦！」我狐疑了一下，「應該是阿信吧？」「他在錄音喔！」「汝叫伊緊轉來讀冊啦！麥擱玩音樂啊！」「阿姨，袂啦！汝放心啦！伊真乖啦！玩團的小孩不會變壞啦！」

42 角頭音樂：一九九八年，由張四十三所創辦，音樂類型有著濃厚的台灣地方色彩，結合人物、風土和歌的多面向延伸。發行作品有《丂國歌曲》搖滾樂團創作合輯、四分衛首張專輯《起來》、夾子電動大樂隊《轉吧！七彩霓虹燈》等。

43 五月天：前身為一九九六年成立的「So Band」，由吉他手兼團長怪獸、主唱阿信、第一任鼓手錢佑達與後來加入的貝斯手瑪莎組成。一九九七年吉他手石頭加入，為報名野台開唱，樂團更名為「五月天」。一九九九年鼓手冠佑（第四任）加入，同年發行首張專輯《五月天第一張創作專輯》。成團至今已四度入圍金曲獎最佳樂團。

44 全方位盲人樂團：一九九五年由團長蕭煌奇（主唱兼薩克斯風手）與啟明學校的學長學弟共同組成的盲人樂團，鋼琴詩人王俊傑也曾是其中一員，現任團員有鍵盤手吳柏毅、貝斯手洪鴻祥、吉他手楊振斌與鼓手盧斯勇。作品有《愛你一世人》專輯，單曲〈給我一槍〉收錄於《丂國歌曲》合輯。

56

莫名其妙被關了一晚

我的人生很奇妙，總是碰到一些有的沒的、荒唐的怪事。

有一晚，我開著車要去載朋友吃消夜，他的小馬子也在我車上。到了八德路，奇怪，朋友房間明明是亮的，怎麼按電鈴都沒人回應，一定是正牌女友在家，他才不敢出聲。

我才不管，明明約好的。我一直叫著他的名字，巷弄寂靜，一下子燈暗了，我心想：「恁爸在樓下等，你還要處理女人就對了！」於是我叫得更大聲。突然間，兩名壯漢從朋友家開門出來，迅速將我左右架起（我的腳半懸空，他們自稱是三組的，說回分局再說），跟著帶進警車，連同那個小馬子一起被帶走。

到了警局，我被帶進偵查室，他們用很強的燈光照著我，我眼睛快睜不開（幹！這一幕我在港劇有看過）。角落有一根木棍和一條繩子，我慘了，屈打成招我不就什麼都要認了，我到底是犯什麼罪？旁邊那個未成年小馬子該不會也算我頭上吧……。

警方開始偵訊，我一問三不知，他說：「看你的頭髮就知道你有吸大麻。」這是哪一國的問法？然後他拿了一些圖片跟一株綠油油的植物問我有沒有看過，我猛搖頭（跟我髮型還真的滿搭的），我回說：「我連酒都快買不起了怎麼有錢買大麻？我要打電話給議員！」他們當然不讓我打，明天再說。

小馬子不甘被關一宿，整晚哭鬧，我叫她乖一點，不然會害了我，她才不管，一直哭吵著說要回家。警方調查了一晚我的身家後，覺得我是清白的，就說我可以回家了，我要求他們載我回去，他們丟了二百塊，要我自己叫計程車，太陽好大，我眼睛快睜不開（幹！莫名其妙被關了一晚）。

57

酷哥辣妹競選團

「何志盛」，光看他的本名就知道他的個性了，衝衝衝，無所不衝，開車更衝，我問他：「為什麼要開那麼快？」他說：「我不喜歡前面有車。」（跟他做事一樣，要就第一，不然就不做。）所以他要不斷超車，最高紀錄基隆到高雄三小時，我坐在旁邊胃好痛。有一次在高速公路還把我的嘉年華操到縮缸，明明一千三的小車，他也要跑去跟BMW軋（紅單都沒付）。

和阿盛一起錄音時，都還算順利，只是他在錄VOL時一定都需要我在，他才有安全感，別人講的他都聽不下去（因為我是他的啟蒙老師吧），但有時我也抓不住他，因為個性很衝，連唱歌都習慣性的搶拍。有一次我唸了他幾句，剛好旁邊又有女生，他掛不住臉，拿了車鑰匙往外就衝，我想他可能是去透透氣，等下就回來，沒想到等了一整晚，電話也不接，「靠腰啊！我怎麼回家？車是我的欸！」小白笑了笑，「麥想這濟，我送你回瑞芳。」（我還是很悶，車真是我的。）

●

「五月天」很聰明，常常利用假日公司沒上班時，請角頭的錄音師幫他們錄更好的Demo丟到主流唱片公司，老闆張四十三其實也睜一隻眼閉一隻眼，他常說：「這些團如果有更好的發展，就祝福大家吧！」果然不久，五月天就被李宗盛相中，簽到滾石去了。

•

因為〈攏袂歹勢〉一曲讓當時的民進黨文宣部長陳文茜聽到，經過青年部大鳥的介紹，就邀請我們參加酷哥辣妹競選團，全台到處輔選，一天三萬，二十至三十天左右。當下簽約時覺得滿好賺的，後來才知道一天要唱五至十場，有時候一大早就要開始唱，之前寫的歌Key又很高，唱到阿盛快翻臉，我們就大家輪流著幫忙唱。有一次在台南要開唱前大鈞肚子痛去如廁，阿盛等到快翻臉，我幫忙緩頰，阿盛更賭爛，包包拿了就回台北，我只好硬著頭皮把接下來的場次唱完，好累！原來唱歌那麼累（以前都以為主唱是最輕鬆的，什麼東西都不用買，不用拿，耍帥就好。錯！其實是最累的）。

幫民進黨輔選時，搭乘辣妹酷哥搖滾卡車樂團的宣傳車全省走透透。

58

我是流浪漢

醉鬼不怕鬼，窮到像隻鬼。我跟我妹很好，我們差七歲，從小她就被我騙錢，我都把不要的吉他賣給她，再把吉他拿回來彈，雖然她都知道我騙她，還是每次都心甘情願讓我騙。

有一次過年我載她回瑞芳，中途在八斗子的7-ELEVEN買飲料，那時留長髮，穿得很邋遢，交往七年論及婚嫁的女朋友也剛分手（什麼都沒有了，外表當然也不重要），天空下著雨，頭髮都濕的，一條一條，黏在一起，到櫃台結帳時，我不假思索拿起飲料就喝，店員急忙把我飲料搶走，「在幹什麼！」我身上剛好也沒錢，很尷尬，我妹趕快跑過來解圍，付了錢，「他是我哥哥啦！」（原來我被當成流浪漢了。）

我愛面子，所以不喜歡過年，因為沒錢包紅包給爸媽、阿嬤跟五個侄子。阿盛叫我去他家，我怕被他媽媽唸，回絕他。趙哥剛離婚，邀我去他家過年，就我們兩個人，我覺得還不錯，至少有大餐可吃，還不會被唸。

除夕那天，妹妹從下午就開始打電話找我，媽媽也急了，我下定決心把手機給關機，到了吃飯時間，爸爸叫妹妹不要找我了，「撿角，了尾啊子，永遠都不要回來也好，開飯！」

到了趙哥家，一張大圓桌放了幾個饅頭跟肉鬆（我不好意思問怎麼沒大餐），「吃吧！我們山東人過年都吃饅頭夾肉鬆，配高粱！」

拿起饅頭，啃著啃著，我的眼淚不爭氣的掉了下來，好硬的饅頭，好乾的肉鬆，好嗆的高粱，我的餘光看到桌的另一邊，趙哥也是低著頭，啃著饅頭，流著眼淚，可能是想念他的小孩吧。

約莫七八點，妹妹終於透過小白找到大鈞，問了趙哥家裡的電話，哭著說：「爸爸從一開飯就一直坐在椅子上哭（爸爸是個硬漢從小到大沒看爸爸哭過），都不吃東西，猛喝酒，你再不回來，爸爸怎麼辦？」我畢竟還是個有血有肉的人，回到家已經十點，一家子才開始吃年夜飯，吃著吃著，全家都哭成一團，媽媽說：「回來就好，回來就好。」

全家福：父親、母親（前排左三、右三）、大嫂、大哥、吉妹、阿吉、二哥、二嫂（後排由左而右）。下圖：阿吉與趙哥（左）。

59

當鋪，原車可用

「阿吉！阿吉！劉天健剛才打給我，說上華小老闆總哥很喜歡我們的音樂，要跟我們約吃飯……」「恁老師勒！Demo都給半年了現在才聽到，寄去美國也沒那麼久，喜歡有什麼用？都跟角頭簽約了！哎啊，先約再說啦，看看他們有什麼想法，我來講就好。你們負責喝酒，明晚七點原鄉見！大鈞。」

原鄉MIT位於延吉街，老闆簡哥也是瑞芳人，不菸不酒不檳榔，但是開個小酒館，DJ出身，喜歡放老歌，每個月被我們這群酒肉朋友簽帳約十來萬（應該是被我們簽倒的），人很好，知道我們沒錢吃飯時就會打電話叫我們去吃員工餐。

總哥眨了眨眼睛：「你們這樣發行會不會有點可惜？我有一套計畫你們聽看看，先把母帶買回來，重新錄，找台灣第一搖滾錄音師Paul去『強力』幫你們用Anlogue類比錄音，顆粒比較大，比較搖滾，再幫你們進行混音（「唐朝」[45]就是他混音的）。有預算拍五支MV，下電台電視廣告，第二張就跟動力火車合開演唱會！」（大家眼睛都亮了。）「這不是我們小時候的夢想嗎？開演唱會！呵呵！阿吉你跟四十三比較好，你去講講看，應該有機會啦，他那麼惜才！」

要簽約前，我們在當時的Vibe剛好有一場演出，唱片公司總是要先看一下樂團的現場實力跟人氣再簽吧？我們「ㄉㄠˋ」了很多人，大爆滿，阿盛的小弟都來了！大鈞負責ＯＬ正妹，小白的圈內朋友也來贊聲，搖滾硬漢金剛還是無動於衷，我的酒肉朋友也都來相挺，前一天我特別交代大家：「明天來都先裝作不認識，就當作你們是我們的歌迷，熱情一點，叫大聲一點，表演完唱片公司走後再請你們吃飯喝酒，記得，一定要裝作不認識！」

總哥看完演出，想說挖到寶了，隔天就請劉天健老師趕快跟我們進行聯絡，不擇手段一定要把董事長簽回公司，於是馬上開了一張八十萬的支票給角頭，把母帶買回來，趕快簽約吧！越快越好！

我們特別選一個黃道吉日來進行簽約，大家都把身分證拿出來，只有我跟小白的是影本，公司法務說簽約要正本，我跟小白兩人不好意思的說：「在當鋪欸，怎麼辦？」總哥很阿莎力！馬上請會計一人先給二十萬去把身分證贖回來：「反正你們那麼會寫歌，以後再慢慢扣！」總哥眨了眨眼睛。

45 唐朝：中國第一支重金屬搖滾樂團。成立於一九八八年，一九九五年與台灣滾石簽約，隔年推出首張專輯《唐朝》，堪稱中國搖滾樂經典之作。團員幾經重組，現任成員為主唱丁武（創始團員）、鼓手趙年、貝斯手顧忠及吉他手陳磊。

輯八

60

誠徵董事長

上華來找我們那時候，阿盛剛好離團，怎麼辦呢？劉天健老師叫我們去找看看有沒有適合的人選。

消息一傳出去，知道上華對我們有意思，眾家好手都躍躍欲試。台南金屬團「叛徒」的主唱小海，剛好在台北周華健的擺渡人工作室當助理，透過金剛，來試了幾次，我們覺得不太適合，雖然都是台語，但北部跟南部的腔還是有點不一樣。

虎神的同學阿德，又高又帥，但太久沒唱了，我們需要的是即戰力，沒有時間再陪訓他。

「四分衛」當時的吉他手小郭，外型俊俏（如果阿山是樂團界的瀧澤秀山，那小郭就是草薙郭了），他試唱了幾首，台語ＯＫ，但還是彈吉他比較適合，阿山聽聞這個消息，還責罵了草薙郭一陣子，明知不可能還去試。

後來經過Noki的介紹，我們認識了在pub駐唱的小莊，羅比威廉斯、飛船史密斯、鋼神羅斯，唱什麼像什麼！練了幾次團，我們都覺得他很會唱，遂就開始排表演，還請了劉天健老師來看，他看了後猛搖頭的說：「怪！小莊很會唱，但就是跟你們不對味，講話也太油……。」

阿盛正想找我，他跟Noki組的新團也沒啥搞頭，他比較喜歡我寫給他唱的歌。我說：「你回來吧！我們需要你，上華要找我們簽約，大家彼此把個性改一改，沒有什麼事不能解決的！」

61

得獎的是

得獎的是——董事長樂團！

一九九八年我們就以〈攏袂歹勢〉一曲獲得中華音樂人交流協會年度十大單曲（記得從小到大我也只得過一張獎狀——最佳服務獎，還是國小當交通糾察隊才有的），得了這個獎之後，我更確定自己未來要走的路，我在房間的牆壁寫上六個字「**有志者事竟成**」。

● 阿盛是個肖郎，三不五時就會跑來我家找我寫歌，有時在半夜，有時是清晨，也不管會不會吵到我家人，我跟他有個暗號，他會撿起小石頭丟我的窗戶（有一次沒丟準，丟到我媽房間，我媽還以為有小偷）。他總是帶著一手啤酒，我四瓶他兩瓶，拿著木吉他就往海邊堤防去，我們一起寫歌，一起聊心事，聊未來，聊夢想，聊著自己的心願就快實現了，說著說著他常會不由自主的流下眼淚不說話，然後再邊幹譙自己邊拭眼淚笑笑的說：「幹！查甫子是底哭三小！吉仔，乎乾啦！汝甘知，我好想要結婚喔，趕快生個小孩給媽媽抱。唉！我從小就不乖，總是惹我媽生氣，給她個孫子抱，讓她開心一點，像我這種個性噢，嘴巴又不甜，在家只會裝個屎面乎伊看，其實我祝愛阮媽媽ㄟ，祝愛祝愛那款，但是我講抉出來。」

●

我媽知道我們快出片了，酒一喝就四處跟人家說她現在是星媽，「我兒子是董事長ㄟ」，到處炫耀到處開玩笑叫大家要買我們唱片，一副以我為榮似的。有一次我剛出門，手機遭到癱瘓，詐騙集團打電話到我們家，媽媽接的，「恁子底我手頭。阿母阿母——祝疼ㄟ——」媽媽聽到電話遠處傳來的聲音，心一急，「啊汝是欲愛多少啦？相濟阮嘛無喔——」「三十萬汝今嘛緊去匯，你兒子還有救！」媽媽馬上坐上計乘車前往基隆，到了中國信託，歹徒還一步一步教他怎麼匯錢（媽媽沒匯過錢），行員也不疑有他，媽媽很聰明先匯了二十萬，然後跟歹徒說剩下十萬見到我兒子再說……。

過了半小時，我的手機通了，「你沒事了吧？」「有什麼事？」「啊汝嘸是祝疼ㄟ疼ㄟ！」「從小被你打到大也沒哭過，是叨位祝疼ㄟ！」「啊慘啊！我去乎騙去啊！趕緊去警察局報警……」到了警局，等了很久，員警都在忙，沒人要理她，她看到有位歐巴桑哭得很淒慘，好奇問了員警說她發生了什麼事，員警搖搖頭說：「苦憐喔！她剛剛被騙了六十萬。」媽媽聽聞，然後開懷大笑說：「哈哈！我才被騙二十萬而已，真好運！」

•

爸爸以前看我睡到中午，都會跑來敲我的門，「少年吔，麥擱睏啊！緊去找頭路啦！」現在則是，「少年吔，麥擱睏啊！緊起來寫歌啦！」

阿吉與吉媽。

62

山猴吉他手

我們積極地進入「強力」錄音室錄音時，才發覺一般的錄音室是沒有好的吉他跟貝斯音箱的，向來傳統的錄音室錄吉他都是Line的，錄出來的聲音乾淨卻不搖滾，跟錄音師討論下我們決定去樂器行租來用，公司也大力支持，只要總製作預算不超過就好。我買上就跑去阿通伯樂器跟老闆商量，跟通伯達成協議後，一顆音箱五萬，租期完畢後租金約兩萬五，剩下的我再補兩萬五，之後音箱就是我的了，通伯也覺得很划得來，又送了我一張A片。

在錄音期間，剛好隔壁就是五月天，請一個日本人在做混音，那時每家大唱片公司都想簽一個團：滾石「五月天」，真言社「亂彈」，SONY「脫拉庫」[46]，上華「董事長」，只是我們簽在另一個品牌宇宙之下，培植樂團蔚為風潮，還一度以為樂團的時代真的來臨了！

認識「脫拉庫」國璽是在通化街SCUM年代，當時有個團叫「Never mind」專門翻唱「Nirvana」的一個團。當天演出前主唱喬玉龍跑來跟我說，他朋友想要上台跟他一起彈吉他，介紹我認識，我看了一下他們彩排，覺得吉他彈得還不錯，也就答應了。沒想到一上台表演國璽像是抓了狂一樣，秀味十足！第一次上台就那麼野，以後應該有前途，我跟阿盛都笑稱他是山猴吉他手，沒想到後來就自己組脫拉庫被SONY簽去了。

阿盛喜歡飆車，我們在錄音期間，還沒輪到他時，晚上無聊他就會約小弟們一起出去飆車。有一次開著敞篷車，不小心吹了風，隔天來就說他好像感冒了，但應該沒事，休息幾天就好了。

「吉仔，錄音用的蓋VO，你先幫我唱一下，正式配唱時我應該就好了，放心！」

46 脫拉庫：一九九六年，由主唱張國璽、鼓手陳牧凡、貝斯手彭丞吉、吉他手柯宗佑組成。曲風為搖滾龐克。二〇〇〇年發行第四張專輯後解散，團員各自發展，二〇一二年舉辦復出演唱會。

63

貴人相助

董事長樂團的音樂之路有太多的貴人相助：蕭福德老師、張四十三、呂世玉（總哥）、李冠樞、秦毓萍、王方谷（包古）……這些老闆朋友們總是在我們最無助的時候，賞識我們，給我們發片的機會，雖然後來自己獨立發行開公司，但是心中還是永遠充滿無限的感激，一有新作品就希望馬上可以寄給他們，讓他們知道我們還在動，還在做，沒有放棄，他們沒有看走眼，只是時不我予。

總哥常到錄音室探班，大家都覺得莫名其妙，以前再怎麼大咖，他也很少去探班，可見他如此重視這張片子，常常叫宣傳買一大堆零食跟啤酒來給我們助興，同時也在樂利路幫我們跟動力火車蓋一座練團室、錄音室。我們都很喜歡總哥，覺得他也是一個Rocker！

阿盛來的那天錄了一首〈少年ㄟ！〉，就又回去休息了。隔天媽媽打來說醫院檢查出有肺炎，要住院觀察，我們都想說應該會好吧，他平常那麼壯，又不太喝酒，要生病也是我們三個。以前只要我們喝醉，阿盛都會一個個把我們送回家，再一個人開車回家，很貼心，又安全，一點也不會覺得快。

公司也只能照既定行程，開始運作宣傳計畫，可是阿盛一直在住院怎麼辦？企宣總監說：「好吧！那就把你們塑造成五個都會唱都會創作的團。阿吉，歌大部分都你寫的，剩下的台語歌你唱看看，金剛你那麼會唱，國語歌就交給你了，照計畫進行，等阿盛回來再說，見招拆招！」

錄〈假漂泊的人〉的時候，是在白金錄音室，劉天健製作，我才剛第一次錄VO，難免緊張，一直都唱不好。小白就建議天健老師：「讓阿吉喝一下放鬆點，他可以的。」於是買了一瓶威士忌，由於錄音室很貴，我為了節省時間，半小時就幹了半瓶。哇，感覺真好，來吧！一副自信滿滿的走進去錄音室：

是目屎底落滴
還是雨水底勒落
我看無頭前嘛分攏袂清

我閉著眼睛，想像著大鈞寫這首歌的畫面，我覺得唱的真屌！

「天健老師就是這個版本了，我唱不出比這個更好了！」

「媽的，你明天自己進來聽看看，收工！」

（果然，每一句都慢半拍，太茫了……）

64

封殺董事長

大家都萬萬沒想到，只是感冒，引起肺炎，到最後卻併發成血癌，我們都不敢相信這個事實。看著在做化療的他，日漸消瘦，頭髮越來越稀少，很難想像他以前是個四肢發達的運動員，但病情總算是有控制住了，我們還是堅信阿盛會好起來的。

唱片宣傳還是照常的進行，配合阿盛（生病後，何媽媽去算命，阿盛改名為冠宇）的病情在醫生的許可下，戴假髮拍宣傳照、拍MV，工作時他就跟正常人沒兩樣，但病情總是時好時壞，期間也聽聞有人比對成功，願意捐贈骨髓給冠宇。但畢竟台灣傳統社會父母對小孩捐贈骨髓還是有顧忌，後來沒答應。我們向院方請求給我們聯絡資訊，想主動聯絡拜託他家人，四個人也簽立以後願意免費捐贈自己的骨髓給有需要者，但院方還是說有義務保護對方個資，無法給我們。

我常在病床旁陪他：「阿盛，你趕快好起來，我唱得好累喔！我不喜歡站在最前面，我喜歡幫你和聲，只有我最知道你唱歌的語氣，我現在唱到喉嚨都發炎了，都不能喝酒，你趕快好起來！」

由於我們四人都不是乖乖牌，唱片公司也沒做過團，常常惹毛了一堆工作人員。但我們有我們的堅持，不跳舞，不搞笑，不是音樂性的媒體不上，不會為了配合宣傳去說謊話，盡量不化妝……我是散散的，大鈞愛遲到，小白太有想法，金剛原則太多，宣傳常常被他弄到哭。後來公司所有部門主管私下開會，電視、平面、電台、活動宣傳……好吧，既然他們那麼難搞，都不配合公司宣傳，我們一起封殺董事長！

罹癌後，因為化療而落髮的阿盛。

65

音樂愛情故事

儘管各部門主管們想要封殺董事長，但老闆總哥還是很喜歡我們，再三吩咐一定要用力把董事長做起來，加上唱片賣得不錯，再追加宣傳預算，主管們才慢慢的試圖了解董事長，後來都跟我們變成好朋友。

●

去醫院看阿盛時，為了讓他開心，我們都會聊起以前的荒唐事，第一次去打人，第一次去刺青，第一次去砸店，第一次演出……還有一次身上沒錢，他叫我去他家對面雜貨店打麻將贏老人的錢，然後出去玩，那時我們幾乎是天天睡在一起，他女友來，我才去睡客房，我女友來找我，他會把主臥室讓給我睡，自己跑去睡客廳沙發。他說好的東西要跟好朋友分享，連他在做化療時，看到我的手因長期的投球使用過度，疼痛到舉不起來，還偷偷塞給我他化療止痛用的藥用嗎啡，一直說是合法的：「放心啦，我不會害你的。」

雖然阿盛生病了，但他的女朋友還是不離不棄，也常常開玩笑的說，「跟他在一起不到半年，他就生病躺了一年，是命運吧！老天安排我要來照顧他的。」她跟阿盛爸媽的感情很好，到現在還是有聯絡。

當時有個電視節目很紅，叫《音樂愛情故事》，公司電視宣傳問我們要不要演，「收視率很高喔！」「好啊，反正我們只會演我們自己！」「對啊，就是演你們自己！」阿盛的替身已找好了，下周開拍，不知道怎麼搞的，我跟小白的對手戲NG了五六十次，導演說因為會播到東南亞，要我們都說國語（我白了宣傳一眼，他笑說，沒錯啊，是演你們自己的故事啊！），我一聽到小白講國語就一直笑場，我們從來沒有用國語講過話啊，怎麼叫做演自己……。

66

永遠的董事長

阿盛是閒不住的，有時他身體好些會跑來看我們錄影，錄Super Live的時候他也在台下跟著搖擺，好像在監視我們這幾個有沒有賣力演出，下了台也會唸我幾句，「音拉得不夠長！換氣的地方不對！主唱要殺一點！」「你好好休息啦！跑來幹嘛?!」他理直氣壯看我，醫生說可以讓他做一些自己比較開心的事。「啊汝哪無去飆車？」「汝哪會知，哼！無對手！」（還是很臭屁……）

唱片的宣傳跟校園演出還是忙得不可開交，我們越來越沒時間去看阿盛，都是透過電話和他女友聯絡，得知他的病況。他女友讓我們很感動，我們心裡大概也都有個底了⋯⋯。

二〇〇〇年七月二十一日，結合公益在中正紀念堂舉辦當時盛況空前的五大團演唱會，人好多，但我胃痛了一整天。心裡還是在想：阿盛能來幫我唱就好了，我還是不喜歡站在最前面，我有人群恐懼症。雖然演唱會很成功，但我的心情卻沒有很好，我們的夢想少一個人在身邊，總覺得不夠完美。

隨後我們就飛往東南亞去做宣傳了。跟著動力火車跑巡迴，新加坡、馬來西亞，才知道動力火車的高人氣，從此對他們講話變得很客氣。當地的觀眾好像把他們當成自己人，彷彿兩位民族英雄，但那邊畢竟比較保守，觀眾看演唱會不能站起來，樂手台上不能打赤膊露兩點（苦了金剛，我們有建議他貼女性胸貼或穿肉色內衣）。

該來的總是會來，在馬來西亞做宣傳聽到這個噩耗時，我們很平靜，沒有哭，沒有說話，停止一切工作，馬上買了隔天的機票回台。我們每晚在他家摺紙鶴，抄《心經》，阿盛媽媽也透過佛教的力量，使得她心靈平靜許多。兩個孩子都因血癌過世，這樣的打擊不是一般人可以想像的，我們像家人一樣，希望可以把阿盛的後事辦得很平順。

白髮人送黑髮人，這是何等的殘酷，公祭那天，他的大家族表兄弟姊妹都來了。靈堂上放著最後一杯酒，大家聽到他的歌聲也都啜泣了起來，我的淚在眼眶裡打轉，我不能哭，我要完成他的遺願，把董事長樂團繼續經營下去，拿一座金曲獎送給他，一起完成我們的夢想！

當晚在原鄉吃晚飯時，我再也壓抑不住自己的淚水，整個潰堤，像個小孩似的怎麼都無法停止我的悲傷，朋友們也勸不住，小白提議說，來吧！每年的這個時候，我們來幫阿盛辦個紀念會，讓歌迷跟朋友也永遠可以記住他，記住永遠的董事長——何冠宇！

特別收錄

The Wall的誕生

SCUM關了，閃靈的「聖界」也收了，台北沒有一個像樣的Live House。

Freddy打電話給我：「阿吉，我找到一個新地方，在公館，有沒有興趣一起來搞一間大的？」「不要啦！幹！SCUM的負債才剛還完，你自己玩啦！我們團去唱就好了。」Freddy說：「你先來看看再說啦！明天晚上就約在基隆路跟羅斯福路口的百老匯影城。」

如期赴約，我看到春天吶喊的Jimi也來了，好久不見，寒暄了一下，Freddy從地下室走了上來：「走！你們一定會喜歡，三百坪，舞台在這邊，高度至少要一米，外國團才會來，要有護城河才有巨星的感覺，吧台在那邊，阿吉你來負責！外面再弄一條搖滾大街，找幾個相關攤位進來，一定會很酷。」我看著一道道的牆，心想：「這些打掉要花不少錢吧？」Freddy說：「別擔心啦！你們有多少出多少，剩下的我來處理。」

經過好幾次的開會，我跟Jimi決定跟Freddy喬乎平大，三個股分一樣大，講話才能一樣大聲，一人出資一百萬，「佛來敵」覺得剛剛好，他的金主們因為SARS事件都抽腿了，全台經濟委靡，沒有人看好這間店，但我們逆向思考，覺得景氣不好，才有更多的籌碼跟房東談租金。

一開始的房租是十二萬，一年增加三萬，房東代表黃小姐說，理想是到第五年增加至二十四萬為止，我們一口就答應了。接下來，我們開始找攤位分攤租金：桃園柏翰的想玩音樂（樂器行跟練團室）、兩姊妹的IMPO獨立館（網拍跟專賣日本貨）、我跟楊洲的Orange

Store（後來改賣咖啡）、阿J的J Tattoo（搖滾紋身工作室）、Jimi的怪公司（永遠都在裝潢）、大八的六八書店（大八一直沒出現）、台中愛吹倫的廢唱片（廢人幫真的永遠廢在那裡）、陳征搖滾帝國的金屬小築（專辦重金屬演唱會）、門市小姐每天都畫屍裝上班的地獄大使（恐怖到連Freddy都不敢進去）、KK的小白兔唱片行（代理國外獨立唱片），眾家朋友都進來了，好不熱鬧！

我們找了有經驗的佩璇當店長、JJ負責吧台，一些獨立樂手跟歌手都來這邊打工，我們的想法很單純，交代佩璇說，我們三個人都有自己的工作跟事業，並不需要靠這間店賺大錢，記得不要欠員工薪水、不要欠樂團演出費，獨立圈大家生活都很辛苦，所以也儘量不要再來找我們三個要錢了……。

這個地方總是要有個名字吧！不要聖界也不要SCUM，一人取三個來挑吧！七嘴八舌的討論著，搖滾村、Rockistanc、Rockstate、The State、The Garden、The Stage、The World、The Wall，對！就是「The Wall」！我們打了那麼多座牆，才有今天這個空間，又有Pink Floyd的精神，而且簡單又好記，阿吉一定不會拼錯，對！就決定這個名字——「The Wall這牆音樂展演空間」。

The Wall的幕後推手：Freddy、Jimi、阿吉（由左而右）。

我真憨慢講話，但是我真實在——Micky

林俊民

高中時我開始玩團與創作，團名叫「亂」，團員只有三個人，主唱兼吉他的國璽，貝斯手阿熾和我。主唱的吉他彈得很瘋，又堅持自己唱；貝斯手帥氣又穩定。當時我們嘗試創作，因此有在末代SCUM演出，後來因為我入伍當兵，這個團就解散了。入伍後，國璽組了「脫拉庫」。阿熾聽說後來有待過「1976」。

新訓中心選兵時，我自然選了軍樂隊，當時空軍樂隊來了一位分隊長和打擊組班長，說明了打擊只挑一名，同梯連我出來共三個人競爭，其中一個聽說是管樂團定音鼓首席（靠八那我選個屁呀）。依造程序還是一樣一個一個測試，輪到我時，都殺咧黑白打！班長開始和我聊天：「你打多久？入伍前有沒有玩團？」我回說：「有！」班長緊接著問：「什麼樂風？團名咧？」我回答：「『亂』，自己創作！」他狐疑了一下再問一次：「亂？」我說：「對！」他就把我帶去旁邊抽菸。哇靠，抽菸耶！抽完菸丟了表格叫我填，就帥氣地走了！

後來，拎北進了空軍軍樂隊，聽分隊長說他挑了那個首席，但班長堅持要我，因為他是打擊組直屬班長，分隊長就聽班長的意見挑了我，在樂隊裡大家叫他「童班」，很受學長們敬重，他自己的樂團「亂彈」也在當時準備發行第一張專輯《希望》。

退伍後，經由學長「小處男」（現在應該不是了吧）的介紹，我跟兩個老外（Ken跟Miguel）組團，屌了吧，後來找來女主唱小瑪和自己表哥阿汶擔任吉他手，「Sister White」（白修女）正式成軍！（也算是現在的「筋斗雲」樂團！）

花了好些時間才把「白修女」的電子搖滾風確定出來，期間阿汶離開，Miguel找了豪華（「亂彈」第二任吉他手）進來，從小玩到大的好友Q毛（現在各大天王天后的演唱會鼓手）也來鼎力相助，我們在「想玩音樂」發行了唯一一張專輯（也算經典啦）。

「白修女」發片前小處男又登場了，「俊民，『四分衛』的鼓手阿玩不打了，你要不要去？」在白修女團員的同意下，我去了大安路地下室的「動能音樂」跟「四分衛」練了〈再見吧！惡魔〉等歌。

回家等消息的這段時間，在一次「白修女」表演時，阿吉突然出現，帶了「董事長」四張專輯來看我們表演，結束後，阿吉告訴我，金剛離開了，但我們還有很多表演，你有沒有興趣來代打？錢還不錯（阿吉特別強調）。

就在「四分衛」尚無回應的情況下，我答應了阿吉去代打賺錢。阿吉說，我唱歌不喜歡開歌單，隨興想唱什麼就唱哪一首，所以就是這四張專輯裡面的歌，你聽熟吧！兩個禮拜後，宜蘭七夕有一場要唱一個半小時，加油！

我安然度過也代打了好幾場。有一天阿吉直接跟我說，Micky，就是你了！加入我們來錄新專輯吧！

就這樣，二〇〇三年七月我正式加入「董事長」，錄了我在「董事長」的第一張專輯《找一個新世界》！

高中時期的Micky。

英雄出少年——小豪

我是正港的台北人，小時候家裡在台北後火車站做五金批發，是當時台北三大批發之一，還算富裕的家族。爸爸是中日混血，偶爾會彈古典吉他、日本小調，姊姊從小學古典鋼琴，也算是聽著古典音樂長大，後來祖父經營不善宣告破產，搬到當時房子比較便宜的內湖開始過苦日子，十年後爸爸轉行開了間牛肉麵店，生活、經濟才漸安穩。

小學最期待每週六下午的《余光音樂電視》，播的是當時罕見的西洋流行歌，有時會穿插一些穿皮褲長髮的搖滾樂團，像是Bon Jovi，那種音樂和力量對那時的我就像炸彈般震撼，跑去買了第一張搖滾卡帶Bon Jovi《Keep The Faith》，搖滾樂成為我每天睡前的安眠曲，有一天我也要在台上搖滾！

高中開始在家附近的樂器行學吉他，聽說海國樂器很有名，跑去跟海國的潘學觀學（現在不彈琴當畫家了），每天五、六個小時彈琴都不念書，三天兩頭沒事就往那跑，常跟著「直覺」的阿雄（也在海國教吉他）跑pub聽團喝酒，逐漸認識到台灣也有搖滾圈：刺客、美杜莎、直覺、骨肉皮、禁地、董事長、四分衛……，印象最深的地方是通化街SCUM，暗暗的地下室，很髒亂牆壁都塗鴉，很多長髮頹廢的酷哥，這種電影場景原來台灣也有！PA控台總是一個眼神帶殺氣的人（原來是吉董）。

退伍後經過潘學觀介紹在中和阿震的飛行五號Fly-V音樂教室教吉他，和常在店裡出沒的才女張懸，組了「Mango Runs」樂團，貝斯手培修（現在「小護士」）、鼓手緯緯（現在「四分衛」），那年我們參加海洋音樂季，也得了獎，得獎團要錄製合輯兩首，在「強力錄音室」，製作人就是海洋的評審之一，當年那個眼神有殺氣的ＰＡ——吉董。在一次錄完音結束後，吉董問，小豪要不要彈董事長？幹！真的假的？真的啦！不久之後我就在角頭錄了第一首董事長歌曲——第四張專輯《冠宇單飛》中的〈最後一杯酒〉，從此加入了董事長。

插曲

加入董事長不久，一天接到電話……

電話：小豪，你好！我是林強，有一首歌想找你彈吉他。

我：蛤？你是誰？

電話：我是林強。

我：幹林娘咧！汝林強！我伍佰啦！

（旋即掛了他電話，約莫兩分鐘電話又響）

我：靠北喔！你他媽到底是誰？

電話：我真的是林強。

我：林……林強老師……對不起對不起……我……

（林強老師也是那年海洋的評審之一）

還好老師不計前嫌，佛道中人果然心很寬。

二歲的小豪。

董事長 TAIWAN
IRMAN ONE LIFE

「董事長樂團」沿革

冠宇（何志盛）、阿吉（吳永吉）、小白（杜文祥）三人，曾在一九八九年共組「一九八九亞邁樂團」。一九九二年，金剛（于培武）、大鈞（林大鈞）相繼加入，一九九七年三月正式組成「董事長樂團」。二〇〇〇年主唱冠宇病逝，二〇〇三年鼓手金剛離團，二〇〇四年鼓手咪董（林俊民）加入，二〇一三年吉他手小豪（郭人豪）、金剛歸隊，為六人合體最強陣容！

（右圖為二〇一三年六人合體最強陣容）

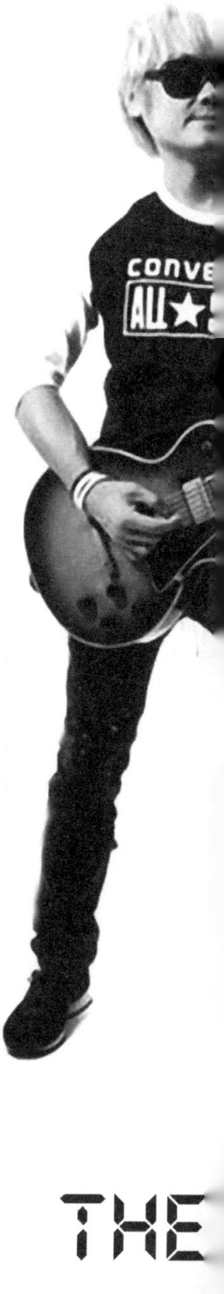

SMART 17

INK PUBLISHING

最後一杯酒
董事長樂團的年少輕狂

作　　者　吳永吉
總 編 輯　初安民
責任編輯　洪玉盈
美術編輯　黃昶憲
校　　對　洪玉盈　吳美滿　吳永吉

發 行 人　張書銘
出　　版　INK印刻文學生活雜誌出版有限公司
　　　　　新北市中和區中正路800號13樓之3
電　　話　02-22281626
傳　　眞　02-22281598
e-mail　ink.book@msa.hinet.net
網　　址　舒讀網http://www.sudu.cc

法律顧問　漢廷法律事務所
　　　　　劉大正律師
總 經 銷　成陽出版股份有限公司
電　　話　03-3589000（代表號）
傳　　眞　03-3556521
郵政劃撥　19000691 成陽出版股份有限公司
印　　刷　海王印刷事業股份有限公司

港澳總經銷　泛華發行代理有限公司
地　　址　香港筲箕灣東旺道3號星島新聞集團大廈3樓
電　　話　852-27982220
傳　　眞　852-27965471
網　　址　www.gccd.com.hk

出版日期　2013年 11 月　初版
ISBN　978-986-5823-47-4

定　價　380元

國家圖書館出版品預行編目資料

最後一杯酒 / 吳永吉 著
--初版, --新北市中和區： INK印刻文學,
2013.11　面；14.3 × 19公分.（Smart；17）
ISBN　978-986-5823-47-4
855　102020812